LA MUERTE DEL PELÍCANO

L A T R A M A

DANIEL ESPARTACO SÁNCHEZ
Y RAÚL ANÍBAL SÁNCHEZ

LA MUERTE DEL PELÍCANO

Otro caso del Vaquero Rodríguez

EDICIONES B

MÉXICO · BARCELONA · BOGOTÁ · BUENOS AIRES · CARACAS
MADRID · MONTEVIDEO · MIAMI · SANTIAGO DE CHILE

La muerte del pelícano
Otro caso del Vaquero Rodríguez

Primera edición en México, mayo 2014

D.R. © 2014, Daniel Espartaco Sánchez
y Raúl Aníbal Sánchez

D.R. © 2014, Ediciones B México, S. A. de C. V.
Bradley 52, Anzures DF-11590, MÉXICO
www.edicionesb.mx
editorial@edicionesb.com

ISBN 978 - 607 - 480 - 579 - 6

Impreso en México | *Printed in Mexico*

—Bien, realmente no conozco ninguna profesión en
la que la buena voluntad sea el único requisito.
—Yo sí. Los mártires. Los estoy enviando
a la muerte. Que pase buenos días

G. K. Chesterton, *El hombre que fue jueves*

La libertad absoluta existirá cuando dé lo mismo vivir que no vivir

Fiódor Dostoyevski, *Demonios*

PRÓLOGO

—¿Tienes crédito en tu teléfono? —preguntó Rogelio Rodríguez, conocido en la corporación como el Vaquero, mientras buscaba algo en los bolsillos de su pantalón.

Era un hombre grueso, alto, y de casi cincuenta años, que se movía con dificultad en el asiento del conductor de ese auto con el aire acondicionado descompuesto bajo el sol quemante de una tarde primaveral como cualquier otra en la ciudad de México. Llevaba el cabello corto, barba de candado y lentes oscuros de aviador cuya marca en el cristal, Bay-Ran, ya casi había desaparecido, pues estos habían sido comprados a la salida del metro Chapultepec a un precio tan bajo que no podía sino evidenciar un apócrifo origen asiático, específicamente chino. El cuello y el cogote enrojecidos del veterano agente exudaban el olor a una agua de colonia de esas que se escogen en el catálogo manoseado de una secretaria emprendedora a la que es imposible decirle que no. Vestía una camisa a cuadros (se rumoreaba que en su clóset no había sino prendas de este tipo), pantalones de mezclilla demasiado ajustados para su edad y su aspecto físico, y un par de botas vaqueras muy bien lustradas, aunque algo viejas. El coche en el que estaba sentado junto con su compañera, Natalia Payán, era un Chevrolet Malibú modelo 2004 de color blanco. Podía deducirse, sin ser demasiado perspicaz, que este era, por la sórdida y deslucida apariencia exterior, las abolladuras y el polvo, un coche de policía.

—Toma —le dijo Natalia Payán con el cálido aunque marcado acento del norte del país, y le estiró su teléfono celular inteligente.

Que no fuera una mujer bella se compensaba con la pulcritud de su apariencia y con la palidez de sus facciones rígidas como las del retrato de una abuela joven vestida de negro, colgado en la pared de una ranchería. Tenía el cabello castaño recogido en una coleta y un cuerpo atlético y grueso construido en largas e inmisericordes sesiones en el gimnasio y con dietas tan rigurosas que harían palidecer al más frugal de los ermitaños. Usaba un traje sastre a rayas, de chaqueta ajustada, y una Glock nueve milímetros en el cinturón. Quien hubiera visto a Natalia comer con parsimonia su manzana Red Delicious (una buena fuente de fibra) y beber agua de una botella de plástico de litro y medio, jamás hubiera sospechado que ella conocía por lo menos cincuenta formas de dejar fuera de combate a un hombre armado hasta los dientes y con treinta centímetros más de estatura y cincuenta kilos más de peso.

—¿Cómo se usa esta cosa?

—A ver, yo te marco —dijo ella, con un tono parecido a la ternura maternal. Le gustaba ayudar al Vaquero con sus pequeñas taras, que eran muchas.

—Gracias, en algún lugar apunté la dirección.

Natalia Payán se miró en el espejo retrovisor; se ensalivó las yemas de los dedos con la lengua y se colocó, con algo de coquetería, detrás de las orejas, dos mechones de brillante y sano cabello, casi rojizo, que caían sobre su frente ovalada. Junto a la ceja derecha tenía una discreta cicatriz que se había hecho, no al luchar con criminales sanguinarios sino al caer de un columpio, a los siete años.

—Tal vez está en la guantera —dijo el Vaquero, y comenzó a rebuscar entre papeles, tickets de compra y facturas. Ahí estaba el revólver calibre .38 especial, mismo que, según se rumoreaba en la Subdirección, jamás había disparado, pues le repugnaban las armas de fuego.

—Ya son las tres y cuarto —dijo Natalia.

—Lo sé —contestó el Vaquero. Y al teléfono—; un momento jefe…

—¿Me vas a decir cómo conseguiste la dirección, si es que la encuentras? —preguntó Natalia.

—Es un secreto profesional.

—Claro, la Procuraduría tiene semanas buscando el lugar y tú lo encuentras en un día.

—Por eso me pagan lo que me pagan.

—Pero no ganas mucho.

—Me pagan una mierda, pero me tratan peor —abrió su cartera y rebuscó entre un billete de doscientos pesos y toda clase de papeles cuya utilidad no era discernible a simple vista.

—Eres un desastre, ¿no has pensado en comprarte un iPad?

—¿Qué es un iPad?

Encontró lo que buscaba en la bolsa de la camisa y emitió al teléfono un resoplido de triunfo:

—Jefe, la dirección es Oriente 245-C, número 134.

Cuando estuvieron a dos cuadras del lugar sacaron los chalecos antibalas de la cajuela. Al Vaquero nunca le había gustado su aspecto con este. Después de fajarse la pistola, se miró en el vidrio del coche y le pareció que se veía más bien gordo y desaliñado, como un policía preventivo sobrealimentado; en cambio a su compañera le sentaba tan bien que la prenda parecía de diseñador a pesar de las iniciales (SMC); sí, se veía hasta guapa. Natalia había conseguido los chalecos después de rellenar varios formularios durante semanas.

—Vamos a esperar a los pelones de hospicio—dijo el Vaquero.

—Estoy tan preocupada por ese niño —dijo Natalia. Estas palabras le dieron un aspecto tan maternal, a pesar de que al pronunciarlas revisó el magazine y la bala en la recámara de su Glock.

El lugar era una de esas colonias al oriente de la ciudad: manzanas de departamentos de dos pisos que alguna vez fueron uniformes (y entregados a crédito por el gobierno), pero que a través de las décadas sus habitantes habían modificado de acuerdo a su idiosincrasia, sus gustos estéticos y posibilidades económicas; siendo los posesores de lo último los que peor estaban en lo segundo. Todos los estilos arquitectónicos estaban presentes en estas fachadas originalmente funcionales, recuerdos de un pasado socialista: columnas dóricas, nichos de santos, balcones que pretendían ser barrocos, puertas de acero cuya pintura emulaba la patina del tiempo en una película de ciencia ficción.

Minutos después llegó un camión blindado de aspecto imponente. De las puertas traseras bajó un pelotón de hombres con cascos, máscaras antigases, chalecos y uniformes militares de color oscuro: era el nuevo cuerpo de tareas especiales tan cacareado en la televisión por el procurador.

—Uh-uh-uh-uh-uh-uh —dijeron al unísono.

También llegaron varias patrullas (nuevas y de color negro mate) y de ellas bajaron hombres vestidos de civil, aunque con el cabello tan corto como el de los de tareas especiales. Usaban trajes de pague dos y llévese tres, de esos que se compran en Men's Factory al final de temporada.

—Yo soy Martín Palmas, jefe de operaciones —dijo el más joven, quien parecía más un abogado que un policía. Seguramente había estudiado derecho en alguna universidad privada de poca monta a costa de grandes sacrificios por parte de sus progenitores, dos personas ya casi ancianas que creían en la importancia de un título universitario y que jamás sospecharon que con tantos abogados en el mercado laboral, el único empleador que podía contratar a su hijo era la policía.

—Yo soy Rogelio Rodríguez.

—¿El Vaquero?

—Así es.

—Es un honor conocerte. ¿Qué tenemos ahí adentro?

—Hasta donde sé hay dos hombres y una mujer que se encarga de alimentar a los secuestrados. Es una casa de tres habitaciones, dos en el segundo piso. Hay tres secuestrados, el niño Larreaga está en el piso de arriba.

—¿Cuál es el plan? —preguntó Natalia mientras volvía a enfundarse la Glock.

Martín Palma la ignoró y se dirigió al Vaquero (era un mundo de hombres):

—El procedimiento es el mismo.

—Uh-uh-uh-uh-uh-uh —seguía exclamando el equipo de tareas especiales, sin dejar de marchar en el mismo lugar, alineados en dos hileras; los fusiles de asalto con linternas y lanzagranadas.

—¿Cuál?

—Entramos y a ver qué pasa.

Se pusieron en marcha.

—Uh-uh-uh-uh-uh-uh.

Cuando estuvieron frente a la casa, en cuya fachada estaba el portón de una cochera y una puerta, la vanguardia del pelotón arrojó granadas de gas a las ventanas del segundo piso. Los cristales se rompieron y se escucharon los gritos de una mujer.

—Uh-uh-uh-uh-uh-uh.

—Creo que debí rellenar los formularios para las máscaras antigases —dijo Natalia.

—No te preocupes —le contestó el Vaquero— no tenemos por qué entrar. Déjaselo a los profesionales —dijo esto último mirando a Martín Palma, quién asintió con la cabeza,

Los hombres que siguieron a la vanguardia llevaban un ariete y lo utilizaron para tirar la puerta. Se escucharon los chillidos de una mujer y el grito desesperado de un hombre que decía:

—¡No disparen! ¡No disparen!

—Algo está mal —murmuró para sí el Vaquero, como si pudiera olfatear algo entre el olor a alcantarillas de la zona, muy típico del oriente de la ciudad.

Corrieron hacia la entrada. El gas solo estaba en los pisos de arriba, por lo que el Vaquero y Natalia pudieron ver cómo los de tareas especiales amagaron a dos ancianos: un hombre y una mujer. Ambos estaban tirados en el piso boca abajo, con las manos esposadas en la espalda. De las escaleras, al fondo, bajó entre tropiezos un adolescente gordo, vestido con gorra y una playera de basquetbol, que intentaba cubrirse del gas con el cuello de esta.

—¡Abuelita, qué pasa…! —gritó

Pero fue callado de un culatazo en la cara por uno de los miembros del equipo y maniatado con rapidez. El entrenador norteamericano habría estado más que orgulloso de él, aunque era una lástima que no estuviera ahí para presenciarlo, sino entrenando más equipos especiales para combatir al crimen en las naciones amigas, tercermundistas y corruptas.

El anciano, un migrante que había llegado hace años a la ciudad y que venía de una ilustre familia de caciques indígenas oaxaqueños, sollozaba con el rostro pegado al piso, incapaz de pronunciar una palabra; y la mujer, a quien por cierto le habían diagnosticado diabetes e hipertensión años antes, parecía estar inconsciente.

—¿No son un poco viejos para ser secuestradores? —preguntó Natalia ante el azoro de Martín Palma, en medio de la entrada.

—¡No, pendejos! —gritó el Vaquero—, les dije Oriente 245-C, esta es Oriente 245-B.

El uh-uh-uh-uh-uh-uh se detuvo por un momento y los miembros del equipo se miraron entre sí. Si no hubieran llevado casco se habrían rascado la cabeza. Se escuchó el maullido de un gato y uno de ellos, crispado por la confusión (y tal vez porque no ganaba lo suficiente como para pasar por estas cosas), disparó hacia lo que parecía ser la cocina, dejando la puerta del refrigerador como un enorme rallador de queso.

—¡Es Oriente 245-C! ¡Oriente 245-C! —gritó la totalidad del equipo de tareas especiales.

—¡Desaten a estas personas! ¡Llamen a una ambulancia! —gritó Palma enfurecido—. Abuelita, ¿se encuentra bien? —le dijo al gris cabello áspero e inerte que tenía a su pies, e intento levantarlo de manera instintiva, tomándolo de un manojo, pero se contuvo. El gas comenzó a bajar por la escalera.

El Vaquero y Natalia se miraron.

—Van a escapar —dijo esta, mientras desenfundaba la Glock.

—Cierto.

Los vecinos de la colonia se habían reunido alrededor de la casa y ya habían hecho presencia las patrullas de la policía auxiliar de la ciudad para acordonar la zona, pero no podían llegar hasta el lugar porque había autos detenidos a media calle, entre ellos un camión de redilas con la caja desbordada de cadáveres de pollos amarillos y apestosos. El Vaquero y Natalia se abrieron paso entre la multitud estupefacta.

—¡Es en el otro bloque!

—¡Síganlos! ¡Síganlos! —se escuchó gritar a Palma, detrás de ellos.

—Uh-uh-uh-uh-uh-uh.

—Siempre me he preguntado a quién se le ocurre ponerle este tipo de direcciones a las calles. ¿Qué hay de malo con calle Pino número ocho? —dijo el Vaquero.

—Esperemos que no sea demasiado tarde —dijo Natalia, antes de perderse entre la multitud y dejar a su compañero atrás, pues este no tenía la misma condición física. Natalia había corrido por lo menos tres maratones el año pasado.

El equipo de tareas especiales pronto la alcanzó y volvieron a golpear la puerta del Oriente 245-C con el ariete. Natalia se quedó en el quicio de la puerta y el pelotón entró en desorden: hacer aquello dos veces en tan solo diez minutos no estaba en el entrenamiento. El Vaquero temió por la seguridad de los secuestrados, pues con todo el alboroto una cuadra atrás era muy probable que la banda ya estuviera sobre aviso. Sonaron varios disparos. El Vaquero sacó su pistola, corrió la distancia que lo separaba de la casa y entró. Dos miembros de la banda estaban tirados en la sala, heridos: no habían sido rivales para el equipo de tareas especiales. En una puerta al fondo el Vaquero pudo ver que alguien del equipo le hacía señales para que se alejara de ahí. El cuarto de abajo había sido asegurado. Sonaron más disparos arriba.

—¿Qué pasa?

Detrás de un sillón saltó un hombre desarmado y se arrojó contra él, empujándolo a un lado. La salida estaba bloqueada por Natalia, así que el hombre se dirigió a la cocina. La puerta trasera daba al patio interior; ahí saltó la barda que separaba el patio de la calle. El Vaquero intentó hacerlo también, pero no pudo debido al peso del chaleco. Natalia fue más ágil.

Regresó a la entrada. Había mucha confusión entre los miembros del escuadrón de tareas.

—¡Se escapa uno! —gritó.

—¿Dónde? —preguntó Palma.

—¿El niño está bien?

—Sí, sano y salvo.

El Vaquero se abrió paso entre otra nueva multitud reunida afuera de la casa y corrió rumbo a la calle por donde había huido el hombre. Sintió que le faltaba el aire, que no podía correr más, y los pies le dolían a causa de las botas. No estaba acostumbrado a esa clase de trabajo operativo, lo suyo era la investigación. Se quitó el chaleco y lo dejó caer. El sol de la tarde pegaba con toda su intensidad por aquella calle sin árboles, sobre los capos de los autos, deslucidos, como todo el oriente de la ciudad. De fondo se escuchaba el ruido de sirenas. Sintió que la vista se le nublaba. Se prometió a sí mismo dejar de fumar, correr veinte minutos cada día en el deportivo del parque, tomar dos litros de agua al día, volverse vegetariano, hacer yoga, dejar de comer los tacos de suadero afuera del metro Barranca del Muerto, etcétera. Vio a Natalia a lo lejos apuntar con su Glock a un punto más distante, y fallar. Fueron apenas dos disparos. El punto siguió haciéndose más pequeño, y se perdió en una calle aledaña. La vio sentarse en una banqueta, resoplando, con la pistola en ambas manos. Los pantalones y las mangas de su chaqueta se habían manchado al saltar la barda.

—Se me fue —le dijo ella, llorando de rabia. Le costaba trabajo manejar la ira y la frustración, no había sido educada para fracasar en nada. Por algo había sacado los mejores puntos en el programa de entrenamiento—. ¿Está bien el niño?

—Sí —asintió el Vaquero—, finalmente es lo que importa.

SUBDIRECCIÓN DE MATERIALES DE CÓMPUTO

La subdirección de la Procuraduría General de la República (PGR) para la que trabajaban Rogelio Rodríguez y Natalia Payán era conocida entre muy pocas personas como la Subdirección, y su trabajo consistía en asesorar a las demás instancias de investigación en casos que, por su alcance en los medios de comunicación —o bien, en el que estaban involucrados personajes de la llamada alta cúpula empresarial o del poder—, era necesario resolver de manera rápida y con mucho sigilo. Debido a la incapacidad de los tres niveles de gobierno (los municipios, los estados y la federación) para resolver crímenes, la Subdirección fue creada por el presidente de la república sobre la conocida premisa de que es más fácil crear una nueva organización que limpiar las ya existentes. Era de carácter secreto, la Subdirección no existía como tal en el organigrama de la Procuraduría, y los sueldos y gastos aparecían en los archivos como Subdirección de Materiales de Cómputo (SMC).

Rodríguez, que no tenía el grado de maestría exigido, según los requerimientos de gobierno, pero era uno de los más eficaces investigadores, ni siquiera tenía una plaza, sino que se le pagaba por recibo de honorarios; al contrario de Natalia, que tenía una maestría en administración pública y estudiaba un doctorado por internet en el Tecnológico de Monterrey, además de un fulgente futuro en el gobierno federal, y por eso ganaba más que su compañero. El Vaquero había tenido que renunciar a las prestaciones de diez años de servicio y a su rango de teniente para ingresar a la Subdirección con la promesa de un sueldo más alto. El camino al infierno está empedrado de buenas intenciones y tan rápido como la Subdirección fue creada, quedó atrapada en un hueco legal y administrativo: el presidente se olvidó de ella, pues había una guerra allá afuera contra el narcotráfico y los ciudadanos de la república caían muertos por miles a lo largo de todo el país. En resumen: era una de las dependencias con menos presupuesto, y el Vaquero ganaba mucho menos dinero de lo que se le había prometido.

La Subdirección no tenía ningún poder de procesamiento; no podía intervenir de manera oficial en ninguna investigación; como ya se ha dicho: no existía. Eso, en teoría, la mantenía exenta de la corrupción. Desde el comienzo logró resolver casos que habían generado varias de las llamadas "crisis mediáticas" (término utilizado por los políticos para definir algo escandaloso que sale en las noticias y que cuestiona el papel del Estado), como el secuestro del hijo del empresario Larreaga, cerrado esa misma tarde. Había resuelto varios casos de empresarios locales del país, y el más famoso: el atentado contra el futbolista Ramiro Casas, que conmocionó a la opinión pública. El Vaquero, quien resolvió el crimen, no recibió ningún reconocimiento por eso, sino "algún pazguato de la Procuraduría del Distrito Federal". Las resoluciones se negociaban en la llamada arena política; es decir: a veces se vendían al mejor postor. Cabe decir que el Vaquero Rodríguez, aunque aparecía en la nómina como proveedor de equipo de cómputo —si uno pedía la documentación correspondiente en el Instituto Federal de Acceso a la Información Pública—, apenas si sabía encender una computadora, a pesar de que los contribuyentes le habían pagado un diplomado que incluía el manejo de procesador de texto, hojas de cálculo y navegador de internet. El Vaquero utilizaba su computadora más que nada para jugar solitario y para recibir de vez en cuando una carta de su hermana Eugenia, una ex guerrillera que vivía en Puerto Escondido donde trabajaba como cantante, lectora de cartas y vendedora de artesanías.

El Vaquero y Natalia se estacionaron sobre Patricio Sanz, a dos cuadras de la avenida Insurgentes, frente a una casa de dos pisos estilo California con tejas rojas, y pintada de blanco, que había quedado entre dos edificios nuevos de departamentos de concreto. La apacible zona residencial, llena de árboles, jardines, y banquetas anchas, presentaba un gran contraste con el oriente de la ciudad. Los vecinos de la colonia Del Valle, con esa mentalidad típica de la clase media de la capital, tan parecida a la de los campesinos normandos del siglo XVIII, con antorchas y picas, habían realizado una serie de protestas para que las oficinas de la Subdirección no se establecieran ahí debido a los problemas para conseguir estacionamiento. La calle ahora estaba atestada de abolladas patrullas desechadas por otras dependencias. La Subdirección había venido a perturbar una bucólica existencia en la que el mayor problema era que el perro del vecino se cagara en tu jardín. En la casa de enfrente había un gran cartel con la siguiente leyenda:

!!Los vecinos de la colonia Del Valle queremos fuera a la Subdirección de Materiales de Computo!!
¡¡Respeto al uso de suelo!!

Los signos de exclamación por duplicado eran para darle énfasis a tan razonable demanda. Adentro de la casa había un estado de festejo y excitación: la Subdirección había logrado una vez más no desparecer gracias al Vaquero Rodríguez, quien había resuelto el caso en el tiempo récord de 48 horas. El padre del niño Larreaga, un conocido empresario, había incluso amenazado con organizar una marcha ciudadana hasta Los Pinos para exigirle al Estado esa quimera llamada seguridad. Los jóvenes investigadores de la Subdirección, sus colegas, miraban las noticias en un televisor que alguien debió llevar desde su casa, porque no había presupuesto para televisores. Era una docena de jóvenes, hombres y mujeres, guapos y muy bien vestidos, que habían sacado las mejores notas de sus corporaciones y luego fueron llevados ahí por medio de engaños con la promesa de un ascenso rápido. Al principio habían mirado al Vaquero con extrañeza, como diciendo: "este no es uno de nosotros" (no tenía una maestría, por ejemplo, y no parecía muy adepto a la higiene), pero después del *affair* Casas lo miraban con admiración, para mayor vergüenza del Vaquero, quien extrañaba aquellos días cuando la Subdirección recién se fundó: ninguno de ellos le hablaba, y no lo invitaban a comer, ni le hacían preguntas complicadas sobre su historial académico (era un eterno candidato a pasante en sociología por la Facultad de Estudios Superiores Aragón). Para el Vaquero no había nada en común con ellos, solo hablaban de sus carreras, sus diplomados, de cuánto les había costado su auto, la ropa que llevaban puesta, y su historial crediticio. Cuando le asignaron a Natalia como compañera pensó que jamás serían compatibles, pero habían logrado un buen nivel de comprensión.

Aquella tarde sonaron aplausos, incluso alguien compró un pastel, y trajo una máquina de karaoke, porque si no había presupuesto para televisores, mucho menos para karaoke. Los jóvenes turcos, como el Vaquero les llamaba, tenían bebidas en las manos y esto le pareció reconfortante. Sin embargo, las máquinas de karaoke le parecían instrumentos infernales para torturar a la gente. Cantaron "For He's a Jolly Good Fellow" y le pusieron una cerveza en la mano. Una muchacha rubia y pequeña, de rostro delicado, que nunca se había dignado a verlo (en realidad parecía tenerle miedo), lo abrazó y le dio un beso porque el Vaquero esa tarde había salvado a la Subdirección; por consiguiente: su empleo. Hija única de un matrimonio maduro, egresada del Tecnológico de Monterrey, gracias a él ya no tendría que regresar a alguna oscura y soporífera ciudad del estado de Guanajuato o Zacatecas a vivir de nuevo con sus amorosos pero sobreprotectores padres.

Días antes se hablaba de desmantelar esa oficina amueblada con materiales reciclados y el destino del personal no estaba claro, pues no había dónde colocarlo debido a los recortes: el gobierno estaba en plan de austeridad, eso decían los periódicos. El Vaquero le dio un trago a su cerveza. Se la merecía, pues esa tarde casi había muerto de un infarto al miocardio. Natalia no parecía muy contenta con los festejos, no le gustaba beber, y se dirigió a su escritorio.

—El jefe nos dio el día —dijo la rubita—, el procurador le llamó para felicitarlo, nos van a subir el sueldo.

El Vaquero quería ir a donde el jefe, pero antes tuvo que esperar a que disminuyera la fila para abrazarlo. Se sentía como una especie de botarga en un parque de atracciones con la que todos quieren tomarse una foto. No quería abrazos de nadie más que Dolores, la secretaria del jefe, pero esta no se veía por ninguna parte. Por fin pudo liberarse de sus jóvenes colegas y subió a la oficina del jefe, en cuya puerta se encontraba Dolores. El Vaquero sintió eso que la gente llama enamoramiento, algo muy parecido a un episodio de hipoglucemia: le temblaban las manos, la frente le sudaba y apenas si podía decir alguna palabra.

—El héroe del día —dijo Dolores, mostrando sus dientes blancos de oreja a oreja, cada uno de los cuales el Vaquero conocía a la perfección y amaba en silencio: los incisivos, los caninos, los premolares, incluso los rellenos blancos de las muelas.

La secretaria se puso de puntitas y besó la mejilla peluda del Vaquero de una manera tan suave que este lamentó no afeitarse más seguido. Era baja de estatura, entrada en carnes firmes, las formas de su cuerpo redondas; su rostro enrojecía con facilidad, mostrando con descaro el excelente estado de su salud; tenía los ojos café claros y el cabello ceniciento y opaco, que llevaba corto. La memoria del Vaquero no dejaba de torturarlo desde aquella vez en que Dolores llevó una blusa que dejaba ver sus hombros llenos de pecas, cubiertos de una vellosidad dorada apenas perceptible. La imagen se proyectaba en su cerebro como si fuera un campo de trigo al vaivén del viento en un escenario medieval donde las tradiciones paganas conviven con la religión cristiana y las muchachas bailan en otoño dando gracias a la tierra y a Dios por una nueva cosecha.

—¿Estás bien? —le preguntó Dolores—, te ves pálido.

—Me duele la cabeza.

—Necesitas una aspirina.

Dolores revolvió en su bolso, este merece una mención aparte: era tan grande como para cargar dos bolas de boliche, y parecía contenerlo todo: no solo cosméticos y bártulos, sino una considerable panacea, a pesar de que ella nunca estaba enferma. Se debía tal vez a que Beto, su hijo, había padecido desde muy niño múltiples enfermedades, entre ellas asma. Cada vez que alguien en la oficina necesitaba alguna medicina, esta provenía del bolso de Dolores (por supuesto, eran genéricas) porque no había presupuesto ni para un botiquín de primeros auxilios.

—Toma.

Fue al garrafón de agua y le alargó al Vaquero un cono de papel y una pastilla.

—Son los últimos conitos del papel. Me dicen en la bodega que se terminaron —dijo Dolores.

—Vamos de mal en peor.

—Es una pena que el mundo no sepa que fuiste tú quien encontró a ese pobre niño. Estaba tan preocupada por él. Tan pequeño.

El Vaquero suspiró, se sentía tan halagado que le daba pena mostrar cualquier indicio de que así era.

—Cumplo con mi trabajo —dijo, de manera poco convincente.

Dolores le abrió la puerta del jefe como si por esa única vez, el Vaquero, el héroe del momento, el salvador de todos los niños inofensivos del mundo, no necesitara presentación ni previa cita, ni ninguna otra formalidad.

2

UN HOMBRE CON MUCHOS CONTACTOS ALLÁ ARRIBA

El jefe estaba sentado en el escritorio con la camisa arremangada y la corbata suelta. Aún no llegaba a los treinta años y el poco cabello que le quedaba ya tenía algunas canas. Mostraba con orgullo una piel bien bronceada. La camisa, arremangada y ajustada, evidenciaba por qué solía vérsele todas las noches en el gimnasio de once a doce de la noche, cuando dejaba la oficina. Tenía en la mano una botella de agua vitaminada para deportistas.

—Vaquero, cuando no te comunicaste a la hora convenida temí lo peor, el procurador ya había anunciado una conferencia de prensa. ¿Qué pasó?

—No encontraba el papel con la dirección.

El jefe se levantó tan largo y musculoso como era, caminó hacia él y lo abrazó con tal fuerza que se quedaron un momento así. El Vaquero sintió al hombre sollozar en su hombro. De fondo se escuchaba la fiesta en el piso de abajo, alguien interpretaba una canción de José Alfredo Jiménez. Al Vaquero le lloraron los ojos por la loción de moda del jefe, quien nunca escatimaba en cantidad.

—Pinche Vaquero, voy a hablar con el subprocurador para que te subamos el sueldo.

El jefe caminó de un lado a otro de la oficina, lleno de energía, parecía que la habitación no podría contenerlo por más tiempo. Se limpió las lágrimas de los ojos con la corbata de seda.

—Cómo te envidio, Vaquero, tú allá afuera resolviendo los casos más peliagudos mientras yo aquí tengo que preocuparme de pendejadas administrativas. Se nos están acabando los conitos de papel. Tengo toda la mañana llamando a los de mantenimiento para que consigan los malditos conitos de papel.

El jefe había estudiado administración de empresas en el Tecnológico de Monterrey y una maestría en administración y políticas públicas en el CIDE. No era un policía ni un investigador, sino un joven de brillante futuro que ya debía de estar en Los Pinos, pero se había dejado embaucar por falsas promesas; y ahora parecía que su carrera estaba salvada, el procurador le había llamado, se había acordado de que era un joven capaz; pronto saldría de ahí, estaría a cargo de una dirección, y no una subdirección.

—Tú, tú, Vaquero —dijo el jefe, señalándolo con ambos pulgares—, eres un pinche genio.

Ya había tomado otro patrón de tránsito a través de la oficina, serpenteaba alrededor del Vaquero, haciendo aspavientos con las manos.

—Un pinche jodido hijo de su puta madre genio. ¿Cómo los encontraste?

—Bueno, primero fui a…

—No me digas, no me digas.

—Fui a…

—No, está bien, confío en ti.

El jefe se paró en seco, comenzó a bostezar y se dejó caer en la silla, pero no le pidió que se sentara: parecía abstraído en algo sobre el escritorio de cristal junto a la foto de su mujer, y de sus dos hermosos y rubios hijos, los cuales también serían calvos prematuros, como su padre, y lo ignoraban en el momento en que fue tomada la foto y por eso eran felices. La cara del jefe parecía demacrada, era un hombre que sufría demasiado.

—Tenemos otro problema —dijo.

El Vaquero suspiró. Los ruidos de la fiesta y la luz enrarecida que entraban por las persianas le entristecieron.

—¿Qué pasa?

El jefe tomó una de las carpetas sobre su escritorio y se la dio.

—Ahí está el *dossier*. Llegó esta tarde. Recibí una llamada de allá arriba —dijo el jefe, apuntado hacia el techo con su alargado y torcido dedo índice.

—¿Qué tan arriba?

—Muy arriba —dijo el jefe.

—Pero estoy trabajando en el caso del activista asesinado.

—¿Otro?

—Sí.

—¿Pues qué hacen esos activistas que caen como moscas?

—Activismo.

—Le asignaré el caso a Ledezma, te quieren a ti después de lo que pasó hoy.

—Pero Ledezma es un pendejo.

—No hables así de Ledezma, es un buen hombre, y además tiene tarjeta del Cotsco. Él nos puede ayudar a conseguir los conitos de papel. ¿Tú tienes tarjeta del Costco, Vaquero?

—No.

—¿Ves?

El Vaquero pensó que las personas de allá arriba que lo querían a él ni siquiera sabían cómo se llamaba, ni cuánto le pagaban. Abrió el expediente y vio las fotografías de un cadáver sentado en el asiento del conductor de un automóvil: la cabeza echada hacia atrás, con un hoyo entre ceja y ceja. Se trataba de un hombre joven y la fotografía mostraba un rostro tan sereno al momento de morir que el Vaquero sintió un escalofrío en la espalda.

—José Baruk Cuenca —dijo el jefe, con tristeza, se reclinó en el sillón; ahora parecía mayor de treinta años.

—¿Y este qué?

—Es nieto de Lorenzo Baruk, el Rey de los Desperdicios.

—¿Y ese qué?

Necesitaba sentarse, tomarse una cerveza, volver a ver los dientes de Dolores, perderse en el campo de espigas de su piel.

—¿Y ese qué? —lo imitó el jefe, con una mueca que al Vaquero le recordó a su madre, en paz descanse—, ven siéntate en mi silla.

El jefe se levantó y la energía volvió a apoderarse de él. Ya tenía otra vez veinte años y una carrera exitosa:

—Es un hombre con muchos contactos allá arriba —dijo, volviendo a caminar de un lado a otro—, una persona muy poderosa en el Estado de México, y también aquí. Le dicen el Rey de los Desperdicios porque empezó en la compra y venta de chatarra, y ahora trabaja con plantas procesadoras. Cada vez que tiras algo, Vaquero, el Rey de los Desperdicios gana dinero; y recientemente su empresa ha decidido entrar en otros rubros: constructoras, restaurantes, hoteles. ¿Qué no lees las revistas de negocios?

—No. Nunca voy al dentista.

—Así nunca vas a progresar. Su nieto apareció muerto en el Desierto de los Leones hace seis meses, tal como lo ves. Es obvio que se trata de un secuestro que salió mal.

El Vaquero sacó un bolígrafo de plástico de su camisa y comenzó a morderlo.

—¿No tenía guardaespaldas?

—El muchacho era medio *hippie*, se negaba a usar guardaespaldas.

El Vaquero seguía leyendo el informe del peritaje, no entendió nada, le ponía nervioso la manera en que el jefe caminaba de un lado al otro.

—Bueno, ya sabes, tu intervención será la de costumbre, oficialmente no estás en el caso: ni siquiera puedes acercarte a las autoridades locales, no deben de saber que estás por ahí. El señor Baruk no confía en ellas, y por eso llamó allá arriba para pedir este favor. Es muy amigo del gobernador del Estado de México, ya sabes lo que dicen, que va a ser el presidente. Mientras no esté confirmado que fue un intento de secuestro, es un asesinato y pertenece al ámbito local. Pero bueno, esto no tardará en regresar a los medios en cuanto pase la euforia de Larreaga. Después del éxito de hoy, lo que pretendemos es quitarle el caso a los locales y hacerlos quedar mal, decir que la Procuraduría sí trabaja. Esto no tienes que saberlo, tú resuelves el crimen y ya. Si fue un intento de secuestro y si logras resolverlo rápido sería maravilloso. Me mandas el informe y aquí lo mandamos arriba.

—¿Y si alguien de la familia está implicado?

—Por supuesto que no, Vaquero.

—¿Si se trata de drogas?

—No lo creo —dijo, sin convicción.

La apariencia del jefe volvió a ser la de un hombre de treinta años con cáncer de colon, o algo parecido; estos cambios tan bruscos desconcertaban al Vaquero.

—Debes de informarme cuáles líneas de investigación se han abierto.

El Vaquero se sentía, como siempre, con las manos atadas. Esperaba que no volviera a ocurrir lo mismo que con el caso Espinoza, en donde, Carballo, un senador muy conocido por fumar habanos, y que no era de la oposición, salió mal parado y el expediente se cerró. Al no existir la Subdirección, los expedientes no tenían validez alguna y tampoco eran pruebas contundentes. Un día haces justicia y el otro día obstruyes la justicia.

—¿Crees que puedas hacerlo?

—Pan comido —dijo, y salió de la oficina.

—¡Vaquero! —gritó el jefe antes de que se cerrara la puerta.

—¿Sí?

—Lastima que yo sea heterosexual, porque si no… —el jefe se inclinó sobre el escritorio— te lo daba después de lo que hiciste.

Agregó en voz baja:

—Pero ahí está Dolores…

El gesto que hizo el jefe se quedaría grabado en su memoria. Fingió no comprender y cerró la puerta.

—Hasta luego, Dolores —le dijo a la secretaria, pero esta hablaba por teléfono.

Dudo un momento en esperar o no, no quería quedarse ahí parado como idiota, así se sentía en ese momento.

—Sí, sí —decía la secretaria, que se despedía del Vaquero con una mano—, dos hawaianas, dos *Meat Lover*, dos de *pepperoni*... vamos a querer factura.

¿Cuánto tiempo había durado la entrevista con el jefe? No lo sabía, pero abajo la fiesta ya estaba en su apogeo y él tendría que trabajar en el caso Baruk el día que lo agasajaban. Más allá de los brindis, y del personal que se arremolinaba alrededor del karaoke, Natalia Payán trabajaba en su escritorio en el informe del día. Tenía a su lado una botella de agua Fiji de la que bebió un pequeño sorbo.

El Vaquero le arrojó el expediente sobre el escritorio.

—Tenemos trabajo —dijo.

El rostro de Natalia se iluminó, su adicción al trabajo era un problema que el Vaquero había notado desde el primer día. Alguien cantaba muy mal "Y nos dieron las diez" de Joaquín Sabina, el cantante favorito del presidente.

—Pero tómate la tarde, ¿que no ibas a ir al cine con tu novio?

—Me canceló, tiene una reunión muy importante en Pinos.

El Vaquero ya había notado que los jóvenes turcos decían Pinos, y no Los Pinos, le parecía el síntoma de algo, pero no sabía de qué. También comenzaba a sospechar que el novio de Natalia era imaginario porque nunca lo había visto, a pesar de la fotografía en el escritorio de un joven muy guapo vestido con camiseta de polo.

—Bueno, lee el expediente del peritaje para que me lo traduzcas porque yo no entiendo nada.

Natalia había tomado un curso de lectura rápida en sus años universitarios y podía leer quién sabe cuántas miles de palabras por minuto.

—Muerto de un disparo en la frente, calibre .22. No hay orificio de salida.

—Ajá.

—No hay huellas de tortura, ni de violencia. No estaba maniatado.

—¿El automóvil era suyo?

—Sí.

—¿Qué marca y modelo era?

—¿Importa?

—Todo importa.

—Un Pointer modelo 2009.

—Déjame veo las fotos.

Había visto muchas fotografías de muertos, y muchos en vivo, pero le había llamado la atención la serenidad de este: era alguien preparado para morir, con los ojos cerrados, como si no hubiera dejado nada pendiente. El Vaquero, que era de la vieja escuela, jamás habría dicho que se trataba de un joven apuesto, sin embargo lo era: el cabello claro y delgado, frente amplia, el principio de calvicie que no es un defecto sino que, por el contrario, parece gustarle a las mujeres. No era la fotografía de un asesinato cualquiera, parecía tan limpio, incluyendo el hoyo negro entre ceja y ceja, una circunferencia perfectamente delimitada.

El Vaquero le devolvió el *dossier* a Natalia.

—¿Qué notas? —le preguntó.

—Es hermoso —dijo Natalia, conmovida—. Como si estuviera dormido.

—Así es —dijo el Vaquero—, me gustaría morir así. Todo esto es muy raro.

—¿Por dónde empezamos?

—Averigua todo lo que sepas sobre la familia: padre, madre; el abuelo es un hombre muy rico.

—Sí, el Rey de los Desperdicios.

—¿Lees revistas de negocios?

—No, es cultura general. Además, salió en todos los periódicos.

El Vaquero miró cómo se desarrollaba la fiesta. Los asistentes ya habían tomado demasiado y se habían olvidado de él. La rubita balbuceaba una canción de Lupita D'Alessio: "Hoy voy a cambiar". Pensó que los jóvenes turcos eran como niños cuando bebían un poco y no pensaban en sus carreras, ni en los pagos de la tarjeta de crédito, y hasta se sintió cercano a ellos.

Ya era demasiado trabajo por ese día.

—Me voy a tomar la tarde —dijo—, ¿nos vamos?

—No —dijo Natalia—, voy a quedarme un rato más.

3

NIÑOS ÍNDIGO

Al día siguiente el Malibú se detuvo ante el portón de una casona del barrio de Coyoacán, construida en ese estilo de arquitectura sobria y maciza, recubierta de estuco colorido y que de manera confusa se ha dado por llamar colonial mexicano. Por encima del muro de piedra que protegía la residencia las copas de grandes buganvilias dejaban caer sus flores hacia la calle. El antiguo barrio era uno de los más bellos de la ciudad, pero a Rogelio le molestaba su persistente olor a pachulí. Habitado por la clase media alta intelectual, todo en el ambiente tenía, a pesar de los edificios típicamente mexicanos, un vago aire esotérico. Y eso en el sentido más vulgar de la palabra: salpicando las calles aquí y allá había diversos establecimientos de artesanías indígenas y ropa folclórica que convivían en pacifica armonía con tiendas dedicadas a vender cuarzos y cristales, el poder de los ángeles, librerías de oscuras religiones orientales que ostentaban en las vitrinas las fotografías de sus líderes, hombres al parecer bondadosos, de lozanas mejillas y frondoso cabello rizado.

El Vaquero apretó el botón del intercomunicador y una voz metálica le dijo que la señora se encontraba un poco indispuesta, pero que en un momento estaría con ellos.

—¿Qué sabemos de María Cuenca? —preguntó el Vaquero, sin dejar de rebuscar entre los papeles arrugados, tickets y envolturas de golosinas que llenaban sus bolsillos.

—Todo está en el informe que te entregué. ¿No lo leíste?

—Prefiero que me lo digas. Es más personal. Así no faltan los detalles irrelevantes, que también me interesan.

—El informe contenía también los detalles irrelevantes —respondió Natalia, ofuscada.

Sin importar lo que dijera, el Vaquero ya se encontraba en medio de una perorata:

—Si quieres resolver un caso debes saber todo lo que corresponde a las personas involucradas: qué comen, cuándo comen, cuántas veces van al baño, sus frustraciones y deseos más íntimos, quiénes son las personas cercanas. "El hombre es el conjunto de sus relaciones sociales".

—¿Cómo? —dijo Natalia, quien ya había echado mano de su iPad y buscaba el archivo correspondiente.

—Carlos Marx —respondió el Vaquero.

—Lo siento —dijo Natalia—. No lo vimos en la carrera.

Se quedaron callados por un instante, ninguno de los dos sabía qué decir. Natalia rompió el silencio:

—María Cuenca… originaria de Puebla. Los Cuenca son una familia de abolengo. Del siglo XIX para acá han dado dos obispos y tres gobernadores. Poseen grandes extensiones de tierra, son potentados de antaño. María, de una de las ramas menos agraciada de la familia, es además la hija de en medio. Estudió literatura hispano-americana en la Universidad de las Américas. Le gusta el arte, la poesía, y ha sido mecenas de algunos cuantos artistas conceptuales menores. Incompatible con su marido, llevan varios años separados. No se han divorciado porque son católicos. Terminó la licenciatura y se negó a hacer una maestría después de su matrimonio con Felipe de Jesús Baruk, a pesar de tener notas sobresalientes. Desde entonces se dedicó al hogar. Bebía mucho desde antes de lo de su hijo y creemos que su psiquiatra le receta ansiolíticos. Como verás, no es una persona muy estable. Profesa una izquierda moderada, aunque no acepta el matrimonio entre homosexuales. Sabemos que le gusta escuchar música latinoamericana y nueva trova cubana. Posiblemente solo sea un resabio de su formación universitaria…

—¿Y cómo averiguaste todas esas cosas? —preguntó el Vaquero, impresionado.

—Pensé que querías detalles irrelevantes.

—Sí, ¿pero cómo se entera uno de tanto? ¿Tenemos una base de datos con todo eso?

—En Google —dijo Natalia sin notar que el término le sonaba al Vaquero tan confuso y místico como el Oráculo de Apolo.

Sonó una chicharra y la voz metálica del intercomunicador indicó que podían pasar. La puerta mostró una vereda empedrada que conducía hasta la entrada de la casa. Un gigantesco árbol de hule proyectaba sombra a una buena parte del jardín y parecía proteger todo un costado de la construcción. Los demás árboles crecían exuberantes a los lados del camino y el Vaquero no pudo evitar preguntarse para qué alguien desearía tanto espacio, tanta tierra, hojas y pasto en una propiedad. El lugar era del tamaño de un pequeño parque público. Sobre el dintel de la entrada un detalle llamó la atención de Rogelio, labrado en un medallón de cantera estaba el sello de la familia Baruk: un estilizado pelícano que, haciendo con el pico una incisión en su pecho, se desangraba para alimentar a tres de sus crías. La señora Cuenca debía de estar cómoda con estas pretensiones heráldicas, pues no había mandado retirar el medallón después del divorcio.

La recepción de la casa era notable: muebles rústicos, coloridos ex votos y herrerías antiguas transformadas en intrincados ornamentos. Cada una de las paredes estaba pintada en diversas tonalidades de color pastel. La habitación conservaba cierta unidad y no parecía que las cosas hubiesen sido arrojadas por azar. A aquel estilo de decoración, entre los expertos, se le conoce como *shabby chic* (algo así como raído y elegante), en su variante rústica mexicana. Se distingue por mezclar elementos antiguos y modernos. La mayoría de los objetos que se utilizan para decorar se encuentran en oscuras tiendas de antigüedades e insalubres mercados de pulgas. Al Vaquero le desagradó, ignorante de los vaivenes caprichosos del palpitante mundo del diseño de interiores.

—Subdirección de Materiales de Cómputo, debo suponer —dijo una voz.

María Cuenca de Baruk apareció en el recibidor. Por el aspecto que presentaba, ni el Vaquero ni su compañera pudieron adivinar por qué los habían demorado en el portón de la casa. La señora Cuenca, para utilizar el eufemismo de quien atendiera el intercomunicador, se seguía viendo muy indispuesta. Descalza y vestida con un conjunto completo de lino blanco, unas ojeras arruinaban su rostro que alguna vez fue hermoso y cuya juventud no había sido reemplazada por la dignidad y autosuficiencia que vuelve atractiva a una mujer madura. En la mano derecha tenía una jarra de licuadora y en la izquierda un vaso de vidrio, ambos llenos de lo que parecía ser cóctel margarita. Aunque no era moralista, el Vaquero miró su reloj: eran las once de la mañana.

—Pasen la sala, quiero invitarles una copa —dijo la señora Cuenca con los ojos achispados.

Se encontraba ya en el estado de excitación que procede de las primeras cuatro copas y antecede a la melancolía o la locura. El Vaquero comprendió que debía entrar en acción o en cualquier momento la perderían en un océano de confusión, balbuceos y llanto.

—No podemos beber cuando estamos en servicio… —dijo Natalia, pero fue interrumpida por el Vaquero, quien se adelantó con un movimiento felino.

—Yo le tomaré la palabra, señora Cuenca, si no es molestia —dijo con voz acariciante.

Sentado en la sala, con una margarita a medio tomar sobre la mesa de café, en la que también se encontraban varias carteras de pastillas vacías, junto a un cenicero repleto, el Vaquero hizo apuntes dispersos en un ticket de compra que encontró en el bolsillo de sus pantalones. No pudo evitar pensar que eran la clase de pastillas que nunca había visto en su vida, costosas, de nombres complicados, para enfermedades extrañas. Recordó que la Subdirección no le ofrecía seguro médico.

—¿Sabe si su hijo tenía algún enemigo?

—¿Enemigos? Imposible. Mi hijo era un santo. Todos lo querían mucho y él quería a todos. Sus compañeros de la universidad lo adoraban, nunca tuvo líos con mujeres ni estuvo involucrado en ningún tipo de rencillas. Era una persona diferente a las demás. Cuando nació, cuando éramos jóvenes su padre y yo, no estaba de moda lo de los niños índigo. Sin embargo, estoy segura de que era uno de ellos.

—¿Niños índigo? —preguntó el Vaquero.

—Niños especiales, productos de una nueva era, que se reconocen por el fuerte color azul de sus auras —la señora Cuenca comenzaba a arrastrar las palabras—. Un estado superior de la evolución humana. Almas sensibles destinadas a cambiar el mundo. Así era José, de una espiritualidad abrumadora. A veces se quedaba viendo la ventana, justo donde usted está sentado, y parecía tener la mirada llena de paz, de beatitud. Cómo si supiera cosas diferentes a las que usted y yo sabemos. Por supuesto, era tan amable que se metía en problemas de otro tipo. Era tan benévolo que no podía decirle que no a nadie. A su abuelo, por ejemplo. José entró a estudiar letras en la Iberoamericana, pero a los dos años, sin decirme nada, decidió que quería estudiar dirección financiera en el ITAM. Sus calificaciones eran perfectas, tocaba la viola de manera exquisita y en sus clases de teatro se mostró como un alumno muy avanzado. Resulta que de la noche a la mañana se quería convertir en hombre de negocios. Por supuesto, para mi suegro el arte no sirve para nada. ¿Quién más podría haberlo instigado a tomar esa decisión? Y él, mi niño, con su espíritu antiguo y sabio, fue incapaz de decirle que no... luego está ese tal Miguel Ruiz...

—¿Miguel Ruiz?

—Un muchachito muy idealista. Eran muy amigos, José y él, pero a mí nunca me gustó. No es que Miguel sea un delincuente o algo así, pero usted sabe, el muchacho es *gay*. Y bueno, yo no tengo nada contra los *gays*. Algunos de mis mejores amigos son *gays*, pero ya ve cómo es la gente, la sociedad. Más en las escuelas privadas…

—¿Cree usted que la muerte de su hijo pudiera ser un crimen pasional? —interrumpió Natalia, con el acento de Saltillo que desconcertaba a todo mundo.

—Jamás. Ya le dije que mi hijo era un hombre muy correcto —los ojos de María Cuenca centellearon y un abismo se abrió en ellos entre la niebla del alcohol y los calmantes; un abismo que amenazaba con devorarlos; un destello del poder que esa mujer aun poseía: la muestra de que sabría odiar hasta las últimas consecuencias, de ser necesario. La presencia de Natalia le incomodaba, su acento norteño, su profesionalismo, era obvio que se sentía juzgada. El Vaquero se dio cuenta y buscó salir de la situación:

—La mejor margarita que he probado en mi vida —dijo, y era verdad.

—Gracias —contestó María Cuenca, recobrando la compostura. Generaciones de sabias y aristocráticas mujeres poblanas corrían por sus venas. —Las preparo yo misma. Dios sabe que no se puede confiar en las sirvientas. Son muy chismosas.

—¿Qué pasó allá adentro? —preguntó Natalia, mientras se alejaban de la casa.

Con la más alta puntuación del curso intensivo que tomó para a unirse a la Subdirección, calificaciones excelentes en perfiles criminológicos y tácticas contra guerrilla urbana, nunca se había enfrentado al verdadero terror en la forma de una madre furiosa.

—¿Quieres saber qué pasó allá adentro? Le sugeriste a una madre de luto, borracha, poblana y católica, que su hijo podía ser homosexual. Tenemos suerte de estar vivos.

Las margaritas habían hecho algo de mella en la recia constitución del Vaquero Rodríguez y el sol lastimaba sus ojos. Pasaría el resto del día con una sensación de resaca que ni siquiera había tenido el gusto de proceder de una buena borrachera. Sentía la boca pastosa y ninguna gana de hablar, pero había que aleccionar a su compañera en las cosas sutiles de la vida.

—¡Pero es lo más obvio! No existe ninguna otra motivación para que José Baruk fuera asesinado. ¿O te crees lo del secuestro fallido? —contestó Natalia, indignada; el fuerte acento volvió a surgir.

Ella sabía que si bien no podía ser diplomática al estilo del centro del país, al menos era eficaz. Las sutilezas eran propias de una mentalidad colonial.

—Me huelo algo peor que eso. ¿Qué vas a hacer en la tarde?

—Mi novio me invitó al teatro. Dice que tenemos que empezar a ver teatro de ahora en adelante, es lo que hacen todos los catedráticos del CIDE —dijo un poco descorazonada—. ¿Por qué?

—Quiero que investigues todo lo que puedas sobre ese Miguel Ruiz y me hagas una cita con el padre.

—La cita con Felipe de Jesús Baruk ya está hecha desde esta mañana. Tienes que verlo a las tres en su departamento de Polanco.

4

LOS AMIGOS DE LA FAMILIA

Felipe de Jesús Baruk vivía en una casa antigua transformada en bloque de departamentos sobre Presidente Masaryk. Al Vaquero Rodríguez siempre le pareció que el político checo resultaba, a esas alturas de la historia, más bien oscuro, comparado con Homero, Horacio y Goethe, nombres de las calles aledañas. Tampoco encajaban bien las cosmopolitas boutiques y establecimientos a ambos lados de la avenida con el teísmo frugal profesado por el fundador de la extinta Checoslovaquia. ¿Cuántos de los habitantes de ese lugar conocían siquiera el nombre completo de Tomáš Garrigue Masaryk?

La calle, emblema de la zona de Polanco y su estilo de vida de clase alta, su ancho camellón y la pulcritud de sus aceras adoquinadas, se revelaba ahora incapaz de soportar el tránsito vehicular que la expansiva y voraz ciudad de México había arrojado sobre ella. La glorieta alguna vez pensada como el digno ornato de una zona suburbial estaba convertida en un caos de automóviles y motocicletas de repartidor. Se veía caminar multitud de oficinistas con trajes de poliéster buscando alguna fonda barata en las vías contiguas o apiñándose a la espera de turno afuera de un restaurante de hamburguesas, erigido hace pocos años para desazón de los oriundos quienes, lentamente comenzaban a emigrar a regañadientes hacia zonas más alejadas y hostiles con la clase media. La agencia de coches Mercedes Benz frente al restaurante de hamburguesas era un signo de la silenciosa y de antemano fracasada guerra de resistencia que libraban los antiguos habitantes del lugar.

La puerta del departamento se abrió. Un nervioso y pulcro Felipe de Jesús Baruk apareció del otro lado: vestía camisa blanca y una corbata guinda que valía más que todos los sueldos atrasados del Vaquero. Como en la fotografía de su difunto hijo, el padre ostentaba cierta belleza, una lozanía distintiva de la buena alimentación y el ejercicio al aire libre que las personas de menor condición socioeconómica no pueden pagarse en una ciudad que abruma a sus habitantes con carbohidratos, contaminación y eternas horas malgastadas en el transporte público. Tenía la nariz recta, ojos verdes y apagados, la misma calvicie hereditaria de los Baruk que confería solemnidad a su semblante y unos hombros aún fuertes y juveniles. Sin embargo, su actitud no resultaba tan segura para el conjunto y por alguna razón no parecía ni la mitad de amenazante que su ex esposa.

El Vaquero notó de inmediato la falta de servicio domestico y lo aseado y bello del lugar: un piso casi vacío de muebles, de paredes claras. Con la taimada pericia de un vendedor de enciclopedias alcanzó a vislumbrar los sillones de la sala, blancos, de piel. Se avergonzó de su aliento alcohólico, a pesar de haber masticado una cartera completa de chicles de menta antes de llegar al lugar.

—Ya le conté todo a la policía. Se lo dije por teléfono a su compañera y se lo vuelvo a repetir a usted —dijo Felipe de Jesús, cuando todavía no terminaba de abrir la puerta del todo.

El Vaquero puso un pie en el umbral, tal vez por miedo a que le cerraran la puerta en la cara; y se apresuró a responder:

—No soy cualquier policía. Vengo de la Subdivisión de Materiales de Cómputo —se sentía ridículo diciendo tal cosa.

——Claro, viene de parte de "los amigos de la familia". Sabía que mi padre no se iba a estar tranquilo —dijo con una mezcla de resignación y tristeza. Parecía agotado. El cuidado de su atuendo contrastaba bien con la pena que le embargaba, como si ante la pérdida del hijo se refugiara en las formas más cercanas de civilización que tenía a la mano. Lejos de cualquier tendencia estoica o disciplina mental, la limpieza de su persona y entorno eran un recurso desesperado, un asidero en el mundo.

Pasaron a la sala: un gran ventanal dominaba el lugar y dejaba caer un torrente de luz suave sobre los muebles y el piso de madera. Rogelio pudo escuchar que sus botas rechinaban e intentó caminar sobre sus tacones para contrarrestarlo, pero se sintió aún más imbécil, deteniéndose en medio de la pieza. Por la ventana se podía ver a la gente que pasaba con prisa por la avenida y miraba con indiferencia los aparadores: hombres que hablaban por teléfono celular y mujeres de altos copetes, pintados de todos los colores disponibles en la naturaleza, que subían a sus camionetas estacionadas en doble fila. Las ventanas debían tener un recubrimiento especial que aislaba la habitación del bullicio exterior. Era como ver la televisión en silencio. El Vaquero podría haber pasado el día entero en la contemplación de esas personas, en el juego de inventarles una vida.

—Qué bonito lugar, señor Baruk. ¿Cuánto le costó? —dijo el Vaquero, para romper el hielo.

—Por favor, llámeme Felipe de Jesús.

—Claro. ¿Cuánto le costó, Felipe?

—No Felipe. Felipe de Jesús… Me costó diez mil dólares.

—No pensé que fuera tan barato. Tal vez algún día me compre algo por aquí.

—¿Comprar? Está loco, yo alquilo el lugar. Diez mil dólares al mes. Como están las cosas es una estupidez comprar algo. Es inseguro: un temblor, un incendio, un meteorito, vaya usted a saber. Ese dinero es mejor tenerlo activo en los mercados, generando más dinero.

—¿Pero no teme una devaluación?

—Hay más probabilidades de un terremoto hoy en día, señor Rodríguez, además estamos hablando de dólares —contestó sonriendo, pero la sonrisa se le congeló en el rostro, como si una idea fija le atormentara—. Es una desgracia —comenzó a decir. Se sentó en uno de los sillones mientras miraba a la ventana con amargura—. Era bueno en todo lo que hacía. En matemáticas, ajedrez, deportes de contacto. No entiendo porqué no quiso ir a Harvard…

—¿Harvard? —interrumpió el Vaquero. Nunca pensó siquiera en la posibilidad de que el hombre cuyo asesinato investigaba pudiera ir a Harvard. El nombre le sonaba increíble, eufónico, sacado de una película norteamericana.

—Por supuesto, Harvard, o el London…. con las notas que tenía. Era buenísimo en lo que se refería al comercio. Si antes decidió estudiar letras debió ser por influencia de su madre o de su tía, la loca. Su abuelo se ofreció a pagar su educación en cualquier universidad del mundo. Pero cuando por fin recapacitó y anunció que quería estudiar finanzas, insistió en quedarse en el ITAM, en dirección financiera. Su abuelo hubiera hecho lo que fuera por él, lo adoraba sin condiciones, lo quería más que a mí.

—¿No es una afirmación un poco contundente?

Parecía que el hombre necesitaba ser reconfortado, pero entre ambos había una barrera infranqueable desde el primer momento y no se podía hacer más.

—Para nada. Y no crea que me preocupa. Es justo. A final de cuentas, José fue para mi padre todo lo que mi hermana y yo no pudimos ser. La inteligencia de un genio. Pensar que estuvimos a punto de perderlo cuando era un bebé.

—¿Fue un niño muy enfermizo?

—No, todo lo contrario, increíblemente sano… aunque siempre tuvo esa presencia, no sé, lánguida…

La mirada de Felipe de Jesús parecía perderse en un horizonte imaginario:

—Mi esposa, ¿sabe?, cuando estábamos juntos, no podía tener hijos. Allí empezaron muchas de las peleas y discusiones que todavía nos persiguen, yo comencé a ver a otra persona. Ni mi mujer ni yo podíamos soportar la idea del divorcio, teníamos votos sagrados, nos casó el obispo de Puebla… finalmente mi padre dijo que necesitábamos un hijo a como diera lugar, que todo se arreglaría. Él deseaba desde el principio un nieto, tal vez con más fervor que nosotros. Así que fuimos a Houston y María tomó un tratamiento para la fertilidad. Unos meses después ya estaba embarazada y cuando por fin José nació, casi morimos del susto: tenía el cordón umbilical alrededor del cuello. Los doctores dijeron que moriría o estaría incapacitado física e intelectualmente para toda su vida. Pero sucedió todo lo contrario, fue el mejor hijo que cualquiera desearía.

—¿Sabe si tenía algún enemigo, algún problema con mujeres, drogas? —dijo el Vaquero.

—Imposible.

—¿Apuestas? ¿Gustos exóticos? ¿Malas compañías? Es muy común entre los jóvenes de hoy en día.

La narración de su entrevistado a esas alturas ya era mitad sollozo y mitad relato.

—No le busque más, yo sé quién mató a mi hijo. También se lo dije a la policía.

La reacción de Felipe de Jesús tomó por sorpresa al Vaquero. Si los locales ya estaban en la pista, en la oficina se iban a sentir muy frustrados.

—Lo siento, no teníamos esa información. Si es tan amable de contarme todo lo que sepa al respecto…

—Fue la pinche loca de mi hermana.

—¿Tania Baruk?

Era el único nombre que le había llamado la atención en aquel informe confeccionado tan prolijamente por Natalia Payán. Tania Baruk, actriz de teatro; el fichero contenía una fotografía de cuerpo entero; suficiente para captar su atención. Fue tomada durante la representación de una obra de teatro de Anastasia Davidovich: *Feliz cumpleaños, doctor Spock;* donde el desnudo de Tania, que parecía no venir a cuento, había causado revuelo entre las élites. Decían que Lorenzo Baruk puso el grito en el cielo y desheredó a su hija, pero según la información de Natalia, eran solo rumores.

—Sí, mi hermana es, cuando menos, la culpable. Siempre hizo lo que quiso de su vida y mi padre nunca intentó ponerle freno.

—¿Tiene pruebas para respaldar lo que asegura? —dijo el Vaquero, mientras se preguntaba a sí mismo dónde diantres había dejado su bolígrafo. Probablemente estaría en la guantera del coche.

—No es necesario. Tania ha llevado demasiado lejos el papelito de la rebelde de la familia. Le gusta ir a cantinas en lugares sórdidos y codearse con supuestos artistas callejeros, escritores jóvenes y proxenetas, ¿no es lo mismo?, ladrones y marihuanos en su mayoría. Asiste a *raves* en granjas a las afueras de la ciudad y tiene todos los vicios que una bohemia debe tener.

"¿Qué carajos es un *rave*?", se preguntó el Vaquero, y extrañó a Natalia, a pesar de llevar separados unas cuantas horas. Su eficacia infinita no le hubiera dejado mal en esos momentos. Felipe de Jesús seguía en la arenga contra su hermana y su tristeza inicial se convirtió en odio simple y llano:

—Se la pasa rodeada de drogadictos, e incluso se metió con un narcotraficante un tiempo: Mauricio Ramírez Raya…

—El Gizmo —aclaró Rodríguez, y tuvo un pensamiento sombrío que intentó espantar con un movimiento de la mano como se espanta una mosca del rostro. Sin embargo se acomodó orondamente en el sillón, contento de volver a un terreno que podía manejar, el de los criminales y los empresarios de dudosa reputación.

—El mismo. Con esa clase de amistades y el mundo asqueroso en el que vive…

El rencor del hombre hacia su hermana le nublaba el juicio. Aun así era lo más cercano a un motivo hasta ese momento. José Baruk Cuenca, el delfín, el nieto modelo, un joven sin otra mácula que la perfección. Tal vez fuera una venganza indirecta, como cuando asesinan a la mujer de un narcotraficante con la intención de mandar una señal. Tal vez José Baruk era el siniestro mensaje dirigido a Tania. Aunque no tenía sentido… nada de lo que había escuchado encajaba en un todo y una molesta y nebulosa corazonada había comenzado a nacer en el fuero interno del Vaquero.

—¿Su hijo y su hermana eran muy unidos?

—Demasiado para el gusto de cualquiera. Desde que estaba pequeño ya era su pariente favorito: ella le leía cuentos y los personificaba imitando diferentes voces; le traía regalos exóticos. Nunca me gustó la cercanía que ella demostraba, lo trataba con intimidad vergonzosa, como si fuera su propio hijo. Pero ahora eso ya no importa —la furia de su voz comenzó a convertirse en tristeza de nuevo.

El Vaquero llegó a la conclusión de que no podía sacársele nada más a aquel hombre. Un interrogatorio más preciso no tenía ningún sentido. Había que respetar su dolor, y la corazonada se movía en otra dirección.

—No lo molesto más, señor Baruk. Es decir, Felipe. Lamento mucho que tenga que pasar por todo esto de nuevo.

—Felipe de Jesús… No se preocupe. Vaya con Dios —dijo sin convicción alguna y lo despidió enseñándole la puerta con el dedo índice, sin levantar la mirada.

El Vaquero se encaminó y dejó al apesadumbrado personaje sentado ahí en la sala, fundiéndose con los blancos sillones casi hasta desaparecer. El recubrimiento especial del departamento tenía un efecto negativo: así era como sonaba el silencio y la soledad. Cerró la puerta del departamento con sumo cuidado, como si no quisiera despertar a un niño que duerme al mediodía.

—¿Vaquero? —la voz se escuchaba como si estuviera a millones de kilómetros de distancia.

Rogelio Rodríguez no supuso que encontrar un teléfono de monedas en un lugar como Polanco fuera tan difícil. En algún momento consideró comprar una tarjeta telefónica prepagada pero no quería ir en contra de las vagas y escasas convicciones que lo mantenían cuerdo, como esa de no dar ni un centavo más al hombre más rico del país, dueño de la compañía que fabricaba y distribuía las tarjetas.

Cuando por fin dio con un teléfono, sobre otra bulliciosa avenida, el estado del mismo era lamentable y el ruido de los automóviles hacía casi imposible la comunicación.

—¿Natalia? —gritó al auricular del teléfono. —¿Qué tiene que ver el Gizmo con la familia Baruk?

—También está en el informe. No me chi… —la comunicación se entrecortaba como si Natalia estuviera flotando en el espacio exterior—. Mauricio Ramírez Raya comenzó vendiendo calzado deportivo en un puesto de la Lagunilla y se fue para arriba tras las elecciones del 2003, cuando consiguió que un grupo de vendedores ambulantes votara en masa por el candidato a jefe delegacional. Tiene una flotilla de taxis, algunos bares en la avenida Insurgentes y también posee una compañía de valet parking, y otra de publicidad. Dinero no le falta. Tiene muchos contactos con el gobierno de la ciudad y creemos que mueve droga en sus negocios, coca y metanfetaminas. Se le ha relacionado con el cartel de los Cochis, aunque no es un dato seguro. La mayoría de nuestros informantes concuerdan en que es un hombre muy inteligente…

—Todo eso ya lo sé, Natalia, dime algo que no venga en la caja del cereal.

—Salía con Tania Baruk hace tiempo, una relación normal al parecer, nada de violencia ni cosas locas. Está bajo arresto domiciliario desde hace meses por evasión fiscal y por lo tanto no hay pruebas que lo relacionen con la muerte de José Baruk. La Procuraduría y los gringos lo quieren como testigo protegido. Por cierto, Vaquero, el jefe quiere hablar contigo. Te estuve llamando al celular, pero está apagado.

—Se me acabó la batería.

—Siempre se te acaba la batería. Quiere verte ya.

—Le llamo más tarde. Tengo que hablar con Tania Baruk.

5

LA SECTA CARISMÁTICA

—Mi hermano lo mató.

El Vaquero ya se había acostumbrado a las declaraciones teatrales de la familia Baruk. La mujer llevaba su segundo cigarrillo en cinco minutos. Si fumaba por nervios, pose o adicción, el Vaquero no podía saberlo; parecía ser una esas personas que están en control de sí mismas todo el tiempo. Se la imaginó pronunciando comentarios sarcásticos en una reunión mientras bebía litros de alcohol sin perder la compostura: la voz rasposa, el gesto pronto y adecuado para apuntar algo con ironía; pero al mismo tiempo abrazada por una soledad abrumadora.

Un vestido vaporoso dejaba ver gran parte de su cuerpo, firme gracias al *bikram* yoga, el pilates con aparatos, las pesas y las dietas inhumanas. El ventanal del departamento recortaba su silueta a través del vestido, y dejaba ver gran parte de Santa Fe: ciclópeos edificios de cristal y acero convivían con zonas inhabitadas llenas de matorrales y cúmulos de basura. Construida sobre un viejo centro de desperdicios y sus chabolas de cartón, la lujosa zona de Santa Fe aún conservaba algo de ese aire miserable de sus orígenes. Por las noches el gas metano acumulado escapaba del subsuelo y cientos de oficinistas abandonaban el lugar en el improvisado transporte público. Con la desidia que caracteriza al país y a la ciudad de México, los edificios *high tech* que ahora señoreaban el paisaje se habían levantado de un día para otro sin ningún sentido de la planeación urbana. Nadie había procurado aceras transitables por los peatones —aunque de cualquier manera los peatones no eran la clase de clientes que las constructoras tenían en mente —; nadie había sembrado áreas verdes, instalado paradas de autobuses, bebederos, construido bibliotecas. El contraste entre las imponentes moles tecnológicas de departamentos y oficinas y el sórdido estado de las calles que le circundaban era desolador para cualquiera. Rogelio Rodríguez nunca creyó algún día sobrepasar los puestos de vigilancia y los cuarenta pisos en ascensor súper veloz que separaban a los ilotas de los lacedemonios. Sin embargo ahí estaba, frente a una actriz más o menos reconocida, observando el horizonte desde las alturas y a través de un vaporoso vestido.

—Llámeme Tania, por favor —dijo la actriz mientras exhalaba una bocanada de humo.

—Claro, Tania... llámeme Vaquero —dijo el Vaquero.

Había algo lánguido en el ambiente y Rogelio Rodríguez comenzó a sentir calor. El cuello de la camisa, que siempre le apretaba, se llenó de humedad. La sensualidad que transmitía la actriz no estaba hecha para espíritus cándidos como el suyo. El enrojecimiento de las mejillas se sobrepuso al último resquicio de profesionalismo en su interior. El departamento, de un decorado minimalista, acentuaba la sensación de desmayo y abandono. El piso de concreto pulido y las lámparas que parecían sondas espaciales soviéticas acentuaban la sensación de encontrarse en otro planeta o tal vez en una especie de cámara de Gesell, dónde era observado, sopesado y medido por los implacables ojos negros de la actriz. En contraste con la temperatura interna de Rogelio, todo alrededor era de una vistosa frialdad: sillones de metal y cuero, mesitas transparentes como esculpidas en cristal hace millones de años por dioses primordiales. Coronaba el centro de la sala una escultura en forma de prisma rectangular sin ningún fin aparente, algo que primates menos evolucionados hubieran adorado en una sabana prehistórica al ritmo de gritos y percusiones producidas con los huesos de sus enemigos. Nunca entendería el arte moderno. Su trabajo era resolver asesinatos y perseguir secuestradores. A pesar de ser partícipe del rencor social que movía al noventa por ciento de los habitantes de la ciudad, el Vaquero estaba orgulloso de ser el hombre de la calle.

Tania Baruk no parecía estar de luto, su musculosa pero suave fisionomía se mostraba inalterable. Daba la impresión de ser ajena a todo sufrimiento humano, y con ello, todo lo que rodea a este: muerte, enfermedad, amor, conmiseración, caridad.

—Mi hermano no tiene el éxito en los negocios que mi padre posee. Sí, tiene dinero, pero eso no significa nada. Son números en el aire, empresas que no existen. Mi padre es un hombre respetable: tiene fábricas, plantas procesadoras, empleados, propiedades. Lo que él gana lo retribuye a la sociedad. Felipe de Jesús hace tiempo que empezó a traficar influencias para ganar licitaciones, conseguir préstamos impagables; lo debe todo. Gente muy poderosa está interesada en él. Gente que no perdona. El resultado natural de su estupidez es ponernos en peligro a todos. Los políticos en este país no tienen honor, son peor que bestias.

El Vaquero sabía que a diferencia de los criminales, los políticos no matan a nadie si no es necesario. Hay otros métodos, mezquinos e indirectos, mediante los cuales un funcionario público puede hacer prosperar sus venganzas: la bancarrota, el escarnio, los reporteros e intelectuales a sueldo que publican en periódicos de circulación nacional. No, de ese lado los engranajes del sistema estaban bien aceitados y no necesitaban de sangre más que ocasionalmente, para funcionar.

—¿Es verdad que usted sostuvo una relación con Mauricio Ramírez Raya?

Tania Baruk sonrió con autosuficiencia:

—Yo diría que varias relaciones. ¿Se lo dijo Felipe, o lo averiguó usted solito?

—Lo tienen detenido.

—Ya saldrá como otras veces.

—No esté tan segura.

—Mauricio es diferente, no es uno de esos matones que andan por ahí sueltos… nunca me dio motivo de queja y si terminamos fue de mutuo acuerdo. Él es un empresario, yo una actriz, ya se sabe que esas cosas no resultan.

Cuando el Vaquero se sentía nervioso acudía al manual. Era una sana costumbre o eso creía, le hacía parecer profesional.

—Su relación es lo más cercano que tenemos a un motivo. Este departamento, ¿no es un poco caro para una actriz de teatro?

—Me lo compró mi padre. Tengo, además, un fideicomiso de por vida. No necesito que ningún hombre como Mauricio me haga ningún favor. Investigue a Felipe de Jesús, si no tiene miedo de meterse con el gobierno de la ciudad —apenas Tania terminó de decir esto, encendió un cigarrillo con los restos del anterior.

Para el Vaquero resultaba obvio que los usuales problemas de Felipe de Jesús Baruk eran otra de las causas por las que la Subdirección de Materiales de Cómputo se encontraba en el caso. Algo parecido a una intuición comenzaba a formarse en su mente, era una imagen lejana todavía, inasible, como el rostro de un conocido que pasa de largo entre una multitud. El rostro que uno se lleva en la mente a casa, y sobre el cual no se deja de cavilar hasta que al día siguiente, durante el baño o el desayuno, resulta ser el de un viejo profesor de matemáticas o el del abusón de la secundaria.

—¿Cómo era la relación con su sobrino? Tengo entendido que ustedes eran muy cercanos.

—Más que cercanos. Yo era la única persona que podía entenderlo. Él era una artista, tenía futuro como actor, yo misma pude verlo en alguna de sus clases de teatro en la preparatoria, cuando tenía 17 años. A pesar de su juventud, con un cojín amarrado en la cintura resultaba ser un excelente Falstaff. Ni Orson Welles.

—¿Falstaff?

—Olvídelo.

—Por lo que he hablado con sus padres, parece ser que José era bueno en todo: deportes, matemáticas…

El Vaquero decidió seguir ese rostro perdiéndose en la muchedumbre. Si pudiera acercarse, contemplar sus rasgos, recordar de dónde le conocía. Sentía que estaba sobre la pista de algo, pero no le gustaba lo que pudiera significar.

—No sé en todo lo demás, pero en lo que respecta al arte era una persona superdotada. Podía haber sido un gran artista de cualquier tipo, multifacético. Pintaba hermosamente y desde la secundaria escribía cosas maravillosas que dejaban a sus maestras emocionadas y perturbadas al mismo tiempo. Incluso, ya que no todos estamos llamados a la creación, podría haber sido un gran crítico de arte. Poseía una cultura exquisita, abrumadora, y es curioso porque uno nunca lo veía con un libro en la mano, era tan discreto. Cuando participaba en conversaciones sobre filosofía o arte moderno, él siempre dejaba hablar a los demás y después decía algo certero, ya fuera de profunda belleza o de cáustica ironía, y después de eso nadie se sentía ofendido.

—¿Lo notó extraño los últimos días que estuvo con usted?

El Vaquero se estaba cansando de escuchar tantas alabanzas del difunto. Comprendía que la muerte cambia la percepción de las personas sobre los fallecidos, pero esto era demasiado. No había un asomo de duda o condescendencia por parte de los entrevistados en cuanto a José Baruk. Parecía que todos pertenecían a una extraña secta carismática y que José Baruk era su líder. Incluso cuando él contempló la fotografía del asesinato, su reacción instintiva fue colmarlo de virtudes. Ahora no estaba tan seguro de eso. Era importante encontrarle algún defecto al muchacho o se volvería loco.

—No más de lo normal. Verá, a pesar de que era muy querido por todos, a veces se sentía solo. El mundo burgués de sus padres lo alienaba, o tal vez era simplemente su sensibilidad de artista. Entonces le entraba una melancolía de la que nadie parecía darse cuenta más que yo. Aparecía en la puerta de mi departamento, impecable como siempre, pero con algo de desesperación en el rostro. Yo me deshacía de compasión al ver así a mi sobrino. Lo abrazaba, le daba una taza de té caliente. Era un ritual que se repitió muchas veces. Entonces José me pedía permiso para pasar aquí la noche, atemorizado de volver a su departamento, a su soledad. Vivía solo desde los 19 años. Contábamos cuentos hasta entrada la madrugada, jugando con las sombras que la lámpara proyectaba sobre el techo de mi cuarto. Entonces reía, con una risa fresca y maravillosa, verdadera. Digo verdadera, porque a veces parecía que siempre estaba fingiendo. Esa expresión bobalicona en el rostro frente a sus padres, la cabeza agachada como si esperara un regaño a pesar de saber que su conducta era perfecta. Y al mismo tiempo una extraña altivez y nobleza…

—Como si pusiera la otra mejilla… —dijo el Vaquero.

La intuición, el viejo rostro se acercaba, pero la multitud que lo ocultaba crecía: una masa de adoradores que elevaban incienso y cánticos y diluían aún más sus facciones. Donde debía estar un hombre de carne y hueso había un monumento de oro y mármol.

Tania Baruk no escuchó, o fingió no escuchar:

—…como si darle gusto a sus padres fuera la misma manera de vengarse. Era incapaz de desobedecerlos en nada. Conmigo era diferente, era él mismo y no lo que los demás querían que fuera. Se libraba de las apariencias, era tierno, infantil.

—¿Estuvo aquí antes de morir?

—Una semana antes. Discutimos y se fue, pero no iba enojado. En realidad, fui yo quien perdió los nervios y se marchó para evitarme un disgusto mayor.

—¿Y cuál fue la razón de la discusión?

—Por esa estúpida idea de estudiar finanzas. Le dije que era un desperdicio para sus talentos.

Todos eran tan inestables y el difunto tan perfecto e inmaculado, que Rogelio comenzaba a desconfiar de su instinto.

—¿De qué vivía su sobrino?

—Tenía un fideicomiso de su abuelo, como yo. Nada le hacía falta, ni le haría falta nunca. Además, nunca le gustó el lujo ni la ostentación. Hasta en eso era maravilloso. Diferente a los demás muchachos de su clase. Le regalaban automóviles de lujo, motocicletas, pero él se negaba a aceptarlos. Siempre andaba en su compacto con el pretexto de que era un buen automóvil y no necesitaba nada más.

Las virtudes del occiso ni siquiera eran mundanas. La idea del automóvil compacto, tranquilizo al Vaquero, cuando menos Pepe Baruk no resultó ser un excelente piloto de carreras. Para ese momento cualquier cosa que se dijera de él resultaba verosímil. Si le hubieran dicho que había ganado una vez en Le Mans lo hubiera creído a pie juntillas.

—¿Cree que tuviera algún problema que consumiera su dinero en grandes cantidades: chantaje, drogas? ¿Apostaba? —era la clase de preguntas que Rogelio Rodríguez tenía que hacer en todos los casos y que ya se estaba cansando de repetir porque sabía de antemano la respuesta. Ahora, cada vez que las hacía tenía sensación de que los interrogados iban a saltarle a la yugular para defender a su líder y maestro. Sin embargo, la respuesta fue menos complicada y visceral de lo que esperaba:

—Nada de eso hubiera importado. Tal vez la mojigata de su madre… pero ni su abuelo ni yo lo hubiéramos dejado a la deriva. Esa clase de cosas suceden cada tanto en familias de nuestra posición. A mí misma me han sacado de algún atolladero un par de veces…

Fue en ese momento cuando el Rogelio el Vaquero Rodríguez sintió que el verdadero rostro de José Baruk había desaparecido, tragado por la multitud. Sabía que era inútil forzar las cosas. No había mucho qué hacer en ese lugar, y además tenía hambre, y necesitaba por lo menos una cerveza. No, dos cervezas.

—Perdone —le dijo a su interlocutora—, ¿me podría dar un autógrafo? No es para mí…

6

EL NEW YORK, NEW YORK

Ya eran las siete de la tarde cuando el Vaquero se detuvo en una esquina para llamar a Natalia, pero cuando estuvo frente al teléfono de monedas se dio cuenta de que no tenía cambio. La multitud de automóviles y gente se aglutinaba en ese laberinto de calles estrechas y puestos ambulantes que era la zona de Tacubaya. El ambiente comenzaba a refrescar, y Rogelio Rodríguez extrañó la época de lluvias en la que, debido a su corpulencia, se sentía un poco más a sus anchas. Buscó un puesto de revistas para cambiar el billete de cien pesos en su cartera; faltaban todavía varios días para recibir el pago siempre atrasado.

Encendió el último cigarrillo que sacó de un paquete arrugado, y se mezcló con la gente entre los puestos ambulantes de piratería y ropa barata, hasta que encontró uno de revistas para comprar algún periódico, consciente de que no iba a leerlo. Las noticias sobre el final feliz del caso Larreaga del día anterior habían dado paso a las notas del asesinato de José Baruk Cuevas, sin resolver desde hacía seis meses: "Asesinato de junior sigue sin resolverse, la policía sospecha de supuesto narcoempresario". Alguien estaba presionando desde arriba, muy arriba. Pero la noticia del día era que habían encontrado otra fosa con decenas de cadáveres en Coahuila. En el puesto de revistas, una mujer gorda con cara de pocos amigos fumaba un cigarrillo.

—*El Gráfico* —dijo el Vaquero.

Era de los más baratos: tres pesos. Pero cuando sacó su arrugado billete de la cartera la mujer le dijo:

—No tengo cambio.

Es la forma como acostumbran los vendedores de la ciudad de México para decir: no pienso cambiarte un billete tan grande. El Vaquero buscó qué otra cosa podía comprar, había revistas de todo tipo.

—Deme una cajetilla de Montana y una coca *light*.

La mujer tomó una lata de una hielera llena de agua sucia y la limpió con un trapo aún más sucio. Le alargó el paquete de Montana (el Vaquero tenía pensado algún día dejar de fumar, cuando las cosas fueran mejor), tomó el billete y le regresó de cambio un puñado de monedas de a peso que nadie se molestó en contar.

Pensó en pedirle prestado dinero a Natalia y caminó de regreso al teléfono.

—Hola, ¿qué tal Tania Baruk? —preguntó Natalia

—Me la imaginaba más alta. ¿Qué averiguaste de Miguel Ruiz?

—Estudió derecho en la Iberoamericana, se especializó en derechos humanos, pero ahora es activista social.

—¿No es lo mismo?

—No exactamente. Es dueño de una ONG ecologista que trabaja con grupos indígenas y campesinos.

—Líder, Natalia, no dueño. Una ONG no es una empresa.

—¿No?

—¿Qué relación tenía con Baruk?

—Eran amigos desde la universidad. Ruiz cursó la carrera con una beca del cincuenta por ciento. Es *gay*, eso confirma el crimen pasional. Ya escribí el informe y está sobre tu escritorio.

—Bien, ¿a qué hora vas a ir al teatro?

—Manuel me canceló, hay reunión del gabinete de seguridad en Pinos.

—Lo siento.

—El jefe quiere que lo veas en el New York, New York. Va a estar ahí a partir de las nueve.

—¿Hoy?

—Sí, quiere que le des un informe detallado. Es más: tiene la esperanza de que ya hayas resuelto el caso.

El Vaquero suspiró. Era lo malo de hacer bien el trabajo. La gente siempre tenía demasiadas expectativas de uno. Pero esta era la clase de investigación de altos vuelos en la que no podía contar con sus contactos en el bajo mundo, como en el caso Larreaga.

—¿No quieres venir? —le dijo a Natalia.

—No, prefiero quedarme a investigar. Tengo que ordenar tus documentos —dijo, refiriéndose a la papelería que amenazaba con desarrollar vida propia sobre el escritorio—: también acabo de terminar tu declaración de impuestos.

—Gracias, Natalia, eres un ángel.

Pero Natalia colgó sin decir una palabra.

El New York, New York era un karaoke situado a la altura de Horacio, entre Lamartine y Emerson, en Polanco. No era un lugar elegante, pero era caro. Se diferenciaba de otros karaokes porque ahí se podía encontrar música pop norteamericana en lugar del obligado José José y Juan Gabriel de los karaokes de mala muerte que desde años atrás pululaban en la ciudad.

El lugar estaba lleno de jóvenes turcos, los amigos del jefe, funcionarios de medio pelo del gobierno federal que se reunían en ese lugar para cantar. Era una administración marcada por el signo del karaoke: desde el presidente de la república, pasando por el extinto secretario de gobernación, hasta los funcionarios como el jefe del Vaquero, quien ese día se veía más demacrado que nunca, como una uva puesta a secar al sol. El lugar estaba lleno a pesar de que era martes.

El jefe se levantó de su mesa y guió al Vaquero a otra que les habían preparado, junto a una de las bocinas, de donde salía "Girls Just Want to Have Fun", cantada por una mujercita morena que parecía ser del grupo del jefe.

—Victoria —pidió el Vaquero.

La cerveza costaba cuarenta pesos, corroboró al mirar la carta.

En el *Ancien Régime* priísta, donde el Vaquero se había educado, los jefes siempre invitaban las cervezas, pero durante la administración actual cada quién debía de rascarse con sus propias uñas. El Vaquero se llevó con cuidado la botella de cerveza a la boca consciente de que en un descuido podía vaciarla de un trago.

—Bien, Vaquero, se trata de un secuestro fallido, ¿verdad?

El Vaquero odiaba hablar de un caso sin haberlo resuelto del todo, pero el jefe se veía muy preocupado: el rostro seco y empequeñecido, sobre un traje arrugado, que, al ser de buena calidad, lo hacía parecer aún más sombrío.

—Me temo que no —dijo el Vaquero.

—¿Entonces?

—Aún no lo sé.

—¿Qué te hace pensar que no fue un secuestro?

—La manera como fue encontrado el cadáver, es obvio que no hay signos de violencia, parece que el joven se dejó matar.

—¿Hablaste con la familia?

—Sí, aún no he hablado con el abuelo.

—No creo que sea necesario molestar al señor Baruk —dijo el jefe, que seguía encogiéndose sobre el asiento con una rapidez preocupante—. Discúlpame un momento, voy al baño.

La canción que ahora sonaba y podía verse en las pantallas era una de Coldplay, dos funcionarios cantaban con botellas de cerveza en la mano. El Vaquero le dio otro cuidadoso trago a la suya, o más bien tocó el pico de la botella con sus labios como se besa a la progenitora en la frente el día de las madres. Hacía calor en el lugar y pensó que su cerveza se calentaba en su mano. Era como una flor que estuviera a punto de marchitarse y había que protegerla.

—Pinche Vaquero —dijo el jefe, que había aparecido de pronto y estaba de pie junto a él—, ¿no traes dinero, verdad? No te preocupes, yo te invito.

—Gracias, jefe —dijo el Vaquero, y vació la botella de un trago discreto—. Otra Victoria —le dijo a un mesero que pasaba—. ¿Usted no va a querer? —le preguntó al jefe

—No me gusta la cerveza.

El jefe se sentó y mostró una vez más esa cualidad que el Vaquero consideraba admirable: la de ser una persona totalmente distinta en pocos segundos. Su traje estaba completamente planchado, y su gran dentadura blanca sobresalía en la semioscuridad del New York, New York. El jefe parecía ser alguien que negociaba con las potencias demoniacas, como si tuviera veinte años otra vez: su cutis era perfecto.

Un teléfono celular sobre la mesa comenzó a vibrar.

—¿Sí? ¿Ledezma? ¿Cómo vas? —respondió el jefe.

—…

—Oh.

—…

—No te preocupes, te enviaremos refuerzos. Aguanta.

—¿Todo bien con Ledezma, jefe? Ese caso del activista prácticamente ya estaba resuelto.

—Pues parece que se metió en problemas. El gobernador de Veracruz llamó esta mañana para decirme que no lo quieren ahí. Y parece ser que ahora lo andan persiguiendo los zetas.

—Suele pasar.

—Me han llamado toda la tarde de allá arriba, Vaquero. Tenemos que resolver el caso lo más rápido posible. Parece ser que el señor Baruk también ha estado llamando. ¿Cómo fue que resolviste el caso Larreaga en dos días?

—Lo que hice fue…

—No me digas. Lo importante es que les prometí allá arriba que ibas a tardar máximo tres días.

—¿Qué?

—Vaquero, es el momento. Si resolvemos este caso así de rápido —dijo el jefe, tronando los dedos y sacudiendo la mesa. La botella de cerveza estuvo a punto de caer de no ser porque la detuvo en un rápido movimiento frente a las narices del Vaquero—, la Subdirección tendrá un mayor presupuesto. ¿Sabes lo que eso significa? Coches, equipos de cómputo, grapadoras. No tenemos grapadoras. Ya no vamos a tener que reciclar los conitos de papel. Se habla incluso de promoverme al gabinete de seguridad como asesor.

El Vaquero vació otra botella de cerveza y se contagió del entusiasmo del jefe. Le gustaba verlo tan optimista. Reconoció que si seguía invitando las cervezas tendría todo para ser un buen líder.

—Cuente conmigo, jefe.

—Vaquero, ¿por qué siempre me dan ganas de besarte?

—Otra cerveza —pidió.

—Diré que pongan tu cuenta en la mía.

El mesero se acercó con discreción para decirle al jefe que la próxima canción era la que había pedido.

—¿Cuál va a cantar, jefe?

Había comenzado a hablarle con más respeto, aún cuando, en su fuero interno, el tipo seguía siendo un imberbe.

—"I've got you under my skin" —dijo el jefe, y caminó rumbo al escenario, entre aplausos, cuando comenzaron a sonar las primeras notas de la canción.

—Le dedico esta canción al Vaquero Rodríguez —dijo, señalándolo con ambos pulgares.

—Mesero, otra por favor.

—Sí, señor.

7

BLANCO SOBRE BLANCO

Pasada la una de la madrugada se dejó caer en el sillón de su departamento en Lomas de Plateros. En contraste con su escritorio, la casa del Vaquero siempre estaba limpia. Una mujer pasaba dos veces por semana a limpiar y a lavar su ropa. Se comunicaba con ella por medio de recados en el refrigerador; cosas como: "Por favor, señor, compre desinfectante y una jerga nueva" y "Ludivina, le dejé una parte del dinero en la mesa, le pago lo demás en la quincena". Era una relación que ya tenía años, y el día que Violeta, su ex esposa, dejó el departamento, Ludivina le dejó algo parecido a una nota de consolación.

Se sentía algo achispado a causa de la cerveza. Tomó el teléfono junto al sillón y buscó el número de Dolores en una libreta rayoneada por todas partes sin un sentido aparente.

—Hola —contestó Dolores.

No sabía muy bien en lo que estaba pensando, se dejaba guiar por sus impulsos, como cuando trabajaba en un caso.

—Hola, Dolores, soy Rodríguez; quiero decir: soy Rogelio.

—Hola —dijo Dolores, se escuchaba amodorrada.

¿Estaría con alguien?, no había pensado en esa posibilidad hasta ese momento, pero ya era demasiado tarde. Su primer impulso fue colgar.

—Disculpa la hora.

—No hay problema.

—¿Que vas a hacer mañana en la noche? —dijo, y logró palpar a Dolores a kilómetros de distancia: era algo suave y tibio que contrastaba con su departamento frío y bien ordenado. La voz de Dolores también era suave y tibia, y esto fue lo que lo animó a seguir adelante, a pesar del miedo a ser rechazado.

—Pues nada.

—Ah, lo siento —dijo el Vaquero—, pensaba que podíamos ir al cine.

—¿No quieres venir a cenar con nosotros?

—Sí —dijo el Vaquero—, está bien, ¿a qué hora?

—A las ocho. ¿Cómo va el caso?

—Bien.

El único lujo que el Vaquero podía permitirse era un vaso de whisky antes de dormir. La botella no la compartía con nadie: era sagrada, el fuego del hogar. Se sirvió un vaso más generoso que de costumbre, faltaba poco para que se acabara el contenido, y suspiró. Encendió el televisor y uno de sus cigarrillos Montana, los que todos en la oficina despreciaban, y que ya le daba vergüenza fumar. A esa hora no había nada en la televisión que valiera la pena, solo telemercadeo. Pero su mente estaba en el caso: las fotografías del expediente, la personalidad tan poco contradictoria de Pepe Baruk, la manera como la gente cercana a él se contradecía y se culpaban los unos a los otros; y de fondo algo que parecía ser una tragedia absurda. Todos reclamaban algo de ese joven muerto: el arte, la sensibilidad, la inteligencia de un genio, de un posible hombre de negocios. Y ahora el jefe y todos los de la Subdirección, incluida Dolores, confiaban en que resolviera un caso que no tenía ni pies ni cabeza. Puso a cargar su celular, abrió las sábanas y se lavó los dientes; se acostó, desnudo, como cada noche, solo, desde hacía mucho tiempo. Intentó leer un libro, pero se dio por vencido. El libro se titulaba *La prostituta que leía a Proust*, de Francisco Tepez hijo, en donde el detective Valentón Gardea viaja a Tijuana para resolver el asesinato de una amiga suya, una prostituta que leía a Proust. Apagó la luz y soñó con ese rostro que no decía nada aparentemente, pero lo decía todo, era el del príncipe de un cuento de hadas que había terminado mal.

A las tres de la mañana el Vaquero despertó entre sábanas empapadas. Extrañó aún más los días de lluvia en la ciudad de México, la onda de calor seguramente era consecuencia del calentamiento global de la tierra, El Niño o algo así. Le dolía la cabeza. Fue al baño y abrió el botiquín donde guardaba una cartera de aspirinas vacía. Se dio cuenta de que ya dependía de Dolores cuando se trataba de suministrarse analgésicos. Pensó en ir a una farmacia 24 horas que estaba sobre Revolución. Se puso los pantalones de mezclilla y las botas, tomó las llaves del auto y salió. Su departamento estaba caliente, pero los jardines, alrededor del edificio, frescos; alguna flor, cuyo nombre desconocía, segregaba lascivia desde la oscuridad del jardín.

Cuando tomó Barranca del Muerto rumbo a Revolución, el Vaquero paró el coche en seco frente al Sanborns de periférico. El dolor de cabeza era incesante, y tomó una decisión, o mejor dicho, no tomó ninguna decisión, se dejó llevar otra vez por el instinto. Condujo hasta la estación Barranca del Muerto, y ahí busco un teléfono de monedas.

—Natalia.

—¿Rogelio? Son las tres de la mañana.

—Lo sé.

—¿Qué pasa?

—¿Tienes la dirección del lugar donde vivía José Baruk Cuenca?

—¿Vas a ir a esta hora?

—No puedo dormir.

La avenida Revolución estaba casi vacía, los puestos de fritangas junto a la estación cerrados. El Vaquero escuchó un suspiro del otro lado de la línea telefónica. Luego un largo silencio.

—Lago Alberto 320, interior 523.

Pisó el acelerador al llegar a Patriotismo, siguió por Circuito Interior y giró en Marina Nacional. Era un placer conducir de madrugada por la ciudad de México.

El portero del edificio le abrió la puerta de cristal. Los departamentos eran nuevos, de arquitectura *high tech*, o algo que pretendía serlo. Habían sido construidos sobre un centro comercial, con sucursales bancarias y restaurantes y un gimnasio. En los últimos años había habido un *boom* de la construcción en la zona al norte de Polanco, en Granada y Anahuac. Grandes edificios de lujo se erguían por todas partes como si emergieran de repente de la tierra. Eran años de bonanza para las constructoras y los funcionarios que otorgaban los permisos. El portero, un hombre joven y moreno, seguramente un ex policía que se cansó de ganar una miseria, le preguntó que qué deseaba. El Vaquero mostró su identificación.

—¿Hay algún problema?

—Ninguno —dijo el Vaquero—, investigación de rutina.

—¿A esta hora?

—La Subdirección de Materiales de Cómputo nunca duerme, voy al piso cinco, el departamento de José Baruk.

—Claro —dijo el portero—, le acompaño.

El Vaquero pensó que quería subir solo, pero no encontró un buen pretexto para desembarazarse del hombre. De cualquier manera era una locura estar ahí a esa hora. ¿Qué lo había llevado a dirigirse a ese lugar? Entraron en el elevador. A través de uno de los cristales el Vaquero pudo observar con más atención al portero: un buen muchacho, celoso de su trabajo, una persona honesta, de esas que abundan en la policía, pero la gente no puede verlas porque hay más de la otra clase.

—¿Conocías a Baruk? —preguntó.

—Claro que lo conocía —parecía sentirse orgulloso de conocer a alguien que salía en las noticias.

Ojalá este hombre pueda decirme algo diferente, pensó: que bebía, que se drogaba, que organizaba orgías en su departamento con animales exóticos.

—¿Cuándo fue la última vez que lo viste?

—Cómo ya les dije a los que vinieron hace meses, la noche del asesinato no vino a dormir. De cualquier manera no venía siempre, lo sé porque tengo el turno de noche. Y aunque el edificio es muy grande, un joven como Baruk no pasa desapercibido.

—¿Por qué? ¿Daba muy buenas propinas?

—Nunca me dio una propina. Sin embargo, no sabría decirlo, había algo de su carácter…

Ya está, pensó el Vaquero, lo de siempre.

—¿Y dónde pasaba las otras noches?

—Yo cómo voy a saber.

—Cierto. Viste algo sospechoso los últimos días, o alguna vez —preguntó nada más por preguntar.

—Nunca vi nada sospechoso.

—¿Lo visitaba alguien? ¿Mujeres?

—No.

—¿Hombres?

—Nunca recibió a nadie en mi turno.

Cuando llegaron a la puerta del 523, el Vaquero titubeó, traía un juego de ganzúas en el pantalón, el mismo que llevaba siempre en la guantera.

—¿Tiene la llave? —le preguntó el portero.

—¿Tú?

—Claro que no.

—Bien, voy a abrir —dijo el Vaquero, y sacó el juego de ganzúas.

—Oiga, esto no está bien.

Pero el Vaquero ya había abierto la puerta. Buscó a tientas el interruptor, por suerte los ventanales eran amplios y los lamparones del centro comercial alcanzaban a iluminar la mitad de las blancas paredes. Cuando encendió el interruptor pudo encontrarse más o menos con algo que ya sospechaba: un departamento sin personalidad que, de no ser por la onda de calor, le habría parecido frío. ¿Habrían mandado retirar las cosas del difunto? Estaba seguro de que no. En la sala había un juego de sillones blancos de muy buen gusto que seguramente costaban cada uno el sueldo de un mes del Vaquero, o tal vez más. Una mesita de vidrio, una alfombra, el suelo era de concreto remachado. La sala amplia daba hacia una pieza que pudo haber sido el comedor de no ser porque no había nada y se prolongaba hasta una barra de acero iluminada por una lámpara que pretendía ser industrial, que a su vez daba a la cocina. Se podía jugar tenis en ese espacio. Ni un cuadro, ni una fotografía. El lugar era modesto para la cantidad de dinero que poseía la familia. Un departamento de soltero. Un lugar donde estar porque la gente no puede vivir a la intemperie. El pasillo lo llevó hacia las habitaciones, las tres primeras estaban vacías. La última recámara, la más grande, tenía una cama individual tendida, un buró con una lámpara y un escritorio con una silla. El portero lo seguía, preocupado, y sin hablar.

—No me parece correcto —dijo.

¿Correcto para quién o qué?, pensó el Vaquero, ¿para la memoria de Pepe Baruk? Todo mundo se creía con el derecho de guardar su memoria. Abrió el clóset: poca ropa, y un par de zapatos. La ropa era de muy buena calidad, de tonos claros, como el departamento, como la piel de Pepe Baruk; todo era claro, o blanco; tan blanco que daba nauseas. Buscó en los cajones pero solo encontró un reloj que se veía casi nuevo. En el baño, no había casi nada en el botiquín: un tubo de pasta, un cepillo de dientes, hilo dental y enjuague. Una botella de champú y una barra nueva sobre la jabonera de la regadera.

—Ya pasaron seis meses. Supongo que alguien viene a limpiar todos los días.

—Dos veces por semana viene una mujer desde que el joven murió.

Se seguía pagando para que el templo permaneciera tal y como el occiso lo había dejado. Según el informe de Natalia, seis meses antes no se encontró ninguna evidencia en el lugar, y su intuición, que estaba al cien por ciento, a pesar de la falta de sueño, le dijo que aquello era verdad. No había ido hasta ahí para buscar evidencia, sino para cerciorarse de una vez por todas de que Pepe Baruk era justamente algo imposible.

La cocina era el paraíso, pensó el Vaquero, a quien le gustaba cocinar, pero casi no lo hacía porque la de su departamento era un armario. Había una estufa con ocho quemadores y parrilla, una barra de acero para picar, cuchillos de los mejores, y un juego de cacerolas relucientes de la mejor calidad. El refrigerador era enorme y de dos puertas, pero solo se usaba una. Le tranquilizó ver un refrigerador. Ya no dudaba de que la víctima hubiera sido un ser humano, que en algún momento se alimentaba. Sin embargo no había nada de condimentos o especias en las alacenas, salvo un bote de sal. Había una vajilla para doce personas, pero parecía que nunca se había usado. En el lavavajillas encontró un juego de cubiertos, un plato y un vaso.

Regresó a la sala, ahora supo lo que le había parecido mal desde un principio, no había televisor, ni ningún aparato reproductor de música, ni una computadora. ¿Quién era José Baruk? ¿No revisaba su correo electrónico? ¿Dónde pasaba las otras noches? ¿Tendría otro departamento? ¿Y por qué en la casa no había ni un solo libro, ni una revista? ¿No decía Tania Baruk que Pepe era poseedor de una cultura excepcional? Pepe, así era como había comenzado a llamarlo en su fuero interno, irónicamente, porque sabía que Pepe era una fuerza a la que debía de resistirse, frente a la que tenía que mostrarse siempre escéptico. ¿Dónde estaban los libros? Libros de arte, ediciones caras, esas cosas que el Vaquero imaginaba que poseían los ricos.

—Si no te molesta me gustaría quedarme un momento solo —le dijo al portero.

—Pero…

—No te preocupes, no me voy a robar nada, me puedes registrar al salir.

—Está bien —dijo el portero, sin convicción, y salió.

Comenzaba a clarear en el gran espacio brumoso sobre el dibujo gris de la ciudad. El Vaquero pensó en llegar a casa, tal vez hasta podría dormir un par de horas. El departamento le pareció una especie de tumba para un rey antiguo, un mausoleo, acaso más confortable que los inmensos bloques de piedras de la antigüedad, un poco más humano solamente, y lleno de misterios. Le hubiera gustado leer algo dentro de todo ese blanco, esa claridad; le hubiera gustado ver una mancha. Se sentó en uno de los sillones, y volvió a hacerse la misma pregunta: ¿quién carajos era ese hijo de puta de José Baruk? Encendió un cigarro, pero sintió que estaba profanando el lugar. La ceniza cayó sobre el tapiz blanco del sillón, el Vaquero pasó su mano por ella, para intentar limpiarla, y dejó una mancha gris que, sin saber por qué, le pareció reconfortante.

8

EL VIEJO BARUK

Llamaron a la puerta a las siete y media. El Vaquero miró la hora en su celular y calculó que había dormido menos de dos horas. Volvieron a llamar. Se incorporó, se puso los pantalones y fue hasta la puerta. Del otro lado del visor de la puerta reconoció la figura deformada por el lente de Natalia Payán, quien miraba su reloj. Abrió la puerta.

—¿Qué pasa?

—Te dije que pasaba por ti. Tenemos una cita a las nueve y media con el Rey de los Desperdicios

Natalia se veía radiante y estaba de buen humor. El Vaquero contempló su cutis lozano y pensó que él ya era un hombre viejo, y que necesitaba dormir más.

—¿Y por qué tan temprano?

—Es en Morelos.

—Ah.

—Es el único hueco que tiene en su agenda, va a inspeccionar una planta procesadora o algo así. A las once vuela a Guadalajara en helicóptero.

—Conoces toda su agenda.

—Su secretario es parlanchín.

—Pasa, me voy a dar un baño rápido. ¿Quieres café?

—No, gracias.

Tuvo que darse un baño con agua fría, porque el calentador estaba apagado, esto terminó por despertarlo totalmente. Solo entonces se dio cuenta de que se estaba muriendo de hambre. Se vistió rápido y en pocos minutos ya estaba cerrando su puerta con doble chapa.

—Vamos en mi auto —dijo Natalia.

—Necesito desayunar algo por el camino.

Natalia le dijo que había traído su auto porque no quería quedarse tirada en la carretera, era un auto nuevo que su padre le había regalado, un compacto francés de color azul reluciente. Estaba estacionado junto al Malibu blanco de la subdirección cuya defensa estaba caída. Se enfilaron por el Periférico rumbo a Insurgentes, a la salida a Cuernavaca. Era una mañana soleada y el aire fresco le sentó bien. Quiso encender un cigarro pero pensó que a Natalia le molestaría que fumara en su auto. Cuando viajaba en el Malibu técnicamente hasta podía tirar las colillas en el suelo. Su compañera conducía bastante rápido y con agilidad.

—¿Qué dice tu padre de que seas policía? —preguntó el Vaquero.

—Mi padre cree que hago trabajo administrativo, esa era la idea, pero…

—Te dijeron que ibas a ascender más rápido en la Subdirección.

—Sí.

—¿Te gusta ser policía? Bueno, lo que sea que seamos.

—Sí, me parece emocionante, pero no quisiera pasar toda mi vida así.

—¿Vas a dejar de trabajar cuando te cases?

—Claro que no. Me refiero a que planeo tener un trabajo más tranquilo. No puedo seguir mintiéndole a mi padre. Está muy preocupado porque hay una guerra y matan policías todo el tiempo.

—No en el trabajo que hacemos.

—Pero ya ves lo que pasó con Ledezma. Hemos perdido el contacto con él.

—Algo escuché por ahí.

Giraron al final de Insurgentes, la avenida más grande del mundo, decían, y en cuestión de minutos habían llegado a la caseta de cobro.

—Detente aquí.

El Vaquero entró en una Italian Coffe Company y compró un americano cortado y un panecillo, el desayuno de los campeones y los prediabéticos. Volvieron a la carretera.

—Cómo van las cosas con tu novio. Parece que no se han visto mucho últimamente.

—Bien, Manuel está pasando por un momento muy importante en su carrera, como académico, y como asesor de Pinos.

El Vaquero sintió cómo la temperatura iba subiendo y el aire que le pegaba en la cara se calentaba poco a poco. Abrió la guantera como un mero reflejo y vio discos compactos de música que no conocía.

—¿No tienes de ZZ Top?

—¿Qué es eso?

—Olvídalo.

Hubo un momento de silencio penoso.

—¿Y tú qué estudiaste? —preguntó Natalia.

Tenían poco tiempo trabajando juntos, y el Vaquero cayó en cuenta de que nunca habían hablado tan personalmente.

—¿Por qué? —rió.

—No eres como los demás. Lees libros, dices palabras raras.

—Si te digo te vas a burlar de mí.

—No, dime.

—Estudié sociología.

—Ni siquiera sé exactamente qué es eso.

—Yo tampoco.

—¿Y por qué te metiste a la procuraduría?

—No sé, siempre había crisis, fue el único trabajo que encontré.

—¿Y ya no quisiste estudiar una maestría?

Natalia pertenecía a los nuevos tiempos, en los que todos eran posgrados y más posgrados para trabajar en el gobierno. El Vaquero conocía policías judiciales de los de antes que ni siquiera habían terminado la preparatoria. Ahora pedían licenciatura y hasta maestría y la nueva generación resultaba ser igual de corrupta, o más.

—Nunca terminé mi tesis, bueno, aún no la termino, quise decir.

—¿Y de qué es tu tesis?

—La verdad es que ya no me acuerdo.

—¿Y te dicen Vaquero porque usas botas vaqueras?

—Algo así. Y porque soy de Chihuahua.

—No tienes acento.

—No.

—Pues ya te achilangaste.

Siguieron por la autopista del Sol, pasaron la salida a Cuernavaca. Natalia había revisado bien el mapa antes de salir y entró en una angosta carretera de asfalto con mucho tráfico y curvas en donde volvió a mostrar su pericia para manejar, y para asustar al Vaquero, que se agarraba a la puerta. En dos ocasiones estuvieron a punto de ser aplastados por camiones que venían en sentido contrario. Agarraba bien las curvas de bajada e incluso sabía frenar con motor.

—¿Quien te enseñó a manejar?

—Mi padre.

—¿Y todos manejan así en Coahuila?

—No, solo yo.

Pasaron por varios pueblos de nombres nahuas que el Vaquero era incapaz de retener en la memoria, pero confiaba en la capacidad de Natalia para dar con el lugar. Finalmente giraron en un camino de terracería que parecía recién trazado. Subieron una cuesta por una zona boscosa y llegaron hasta una cerca de malla ciclónica rodeada de gente.

—¿Qué es esto? —preguntó Natalia.

—Parece una manifestación.

La gente llevaba pancartas que decían "No a la planta procesadora", entre otras cosas. "La comunidad dice no a la planta procesadora, es antiecológico", "Fuera Lorana de Morelos". La puerta de entrada estaba vigilada por guardias de seguridad privados fuertemente armados. Detuvieron el auto a un lado de la carretera y caminaron el trecho que restaba hasta la entrada. La manifestación estaba conformada por miembros de las comunidades cercanas a la planta, pudo percatarse el Vaquero.

—Siempre hay gente que protesta por todo —dijo Natalia—. Una planta de procesamiento de residuos es algo muy bueno para todos.

El Vaquero se reservó cualquier comentario.

—¿Qué es Lorana? —preguntó.

—Es el nombre de la empresa de Baruk. Lor, por Lorenzo, Ana, por su esposa, ya fallecida.

—Cierto —dijo el Vaquero, mostrando su identificación a uno de los guardias, quién los dejó pasar.

Otro guardia se acercó, preocupado, con una hoja de entradas y salidas en la mano. Del cuello le colgaba un gafete que lo identificaba como jefe de seguridad de la planta:

—¿Qué desean?

—Tenemos una cita con el señor Baruk a las nueve.

El guardia les alargó la hoja y les pidió que se registraran, y les volvió a pedir la identificación. Cuando Natalia le mostró la placa metálica con su fotografía, se limitó a decir:

—Oh.

El nombre Lorana estaba en todas partes, en letras rojas, en las puertas de los autos y camiones alrededor de un edificio cilíndrico pintado con colores amables que recordaban a una estancia infantil. El logotipo: un pelícano que se desangra para alimentar a sus crías.

Detrás de ellos, la incipiente ola de gente que protestaba del otro lado del cercado se alteraba por momentos. El Vaquero escuchaba los gritos normales de una manifestación que le recordaron su época de estudiante universitario en los años ochenta, cuando su escuela se fue a huelga, ya no recordaba por qué. El destino lo había llevado por caminos intrincados, a trabajar para el aparato represor del Estado, pero por alguna razón, no se sentía demasiado culpable al respecto.

Notó que entre las pancartas había una que decía: "La Voluntad de la Tierra". Sí, esa era la ONG de Miguel Ruiz, con quién tenía pendiente una conversación. El logotipo de La Voluntad de la Tierra salía a relucir entre las demás organizaciones como si fuera el de una marca de zapatos deportivos. Se preguntó si Ruiz estaba entre los que se aglutinaban afuera.

El jefe de seguridad murmuró algo en su radio.

—Esperen un momento, por favor —dijo.

Natalia parecía molesta por el ruido de los manifestantes.

—El señor Baruk los espera, está haciendo un recorrido por la planta —dijo un hombre joven, seguramente un secretario, vestido de manera impecable, con el cabello muy corto y delgado. Era moreno y resaltaban sus pestañas, demasiado grandes, que le daban un aspecto melancólico. El Vaquero se preguntó cómo lograba andar en un traje con ese calor, la camisa y la corbata estaban a la moda.

—Tengan la bondad de ponerse estos cascos —dijo, tomando dos cascos de una mesa que tenían grabados el logotipo de Lorana.

El Vaquero no entendía mucho de plantas procesadoras de basura, pero cayó en cuenta de que el edificio que había visto al principio no era más que la fachada de un complejo muy amplio.

—¿Por qué están protestando allá afuera? —preguntó.

—Ah, eso —dijo el secretario, con una tristeza que no parecía fingida en absoluto—, gente ignorante azuzada por las ONG.

—¿Pero cuál es el argumento?

—Dicen que esta planta afectará la ecología de la zona, así como los mantos acuíferos.

—Nada más —dijo el Vaquero.

Natalia miraba con mucha atención las pestañas del hombre joven, quien después de unos minutos al Vaquero le pareció simplemente un muchacho triste que había encontrado en su trabajo una razón para el tránsito por este mundo.

—Pero nada más falso —dijo—, se realizaron toda clase de estudios, se escogió el lugar precisamente porque era óptimo.

—La culpa es de las ONG —dijo Natalia, que no por algo era hija de un político local de derecha en Coahuila—, le decía a mi compañero que una planta de este tipo es algo muy bueno.

—Así es —dijo el muchacho, que parecía bastante deprimido al respecto—, el señor Baruk ha recibido en varias ocasiones a los líderes de las comunidades, pero ellos no parecen entender. Él solo quiere el bien para estas tierras, la manera de volverlas productivas. Además la planta va a generar muchos empleos.

Caminaban por un pasillo de concreto, cuya barandilla daba a un terreno donde bulldozers removían la tierra. A lo lejos, se veía un grupo de gente con cascos.

—El señor Baruk y los inversionistas españoles están supervisando las obras.

El señor Baruk hacía comentarios a los ingenieros responsables de diferentes aspectos de la construcción. Mientras se acercaba, el Vaquero vio la figura enjuta, pequeña y morena de Baruk señalar hacia distintos aspectos del desolado paisaje provocado por las cavadoras. Los ingenieros asentían, y también los que parecían ser dos inversionistas españoles, por el aspecto de sus ropas: confortables camisas a cuadros, para un día en el campo, jeans de diseñador y zapatos mocasines.

—La tercera fase será en esta área.

Los inversionistas asintieron.

—Magnifico —dijo uno de ellos.

—Ah, la Subdirección de Materiales de Cómputo —dijo Baruk al verlos acercarse y caminó al encuentro de ellos, dándole la espalda a los inversionistas españoles, que por un momento se quedaron pasmados, pero optaron por cerrar filas alrededor de los ingenieros, que parecían ser muy profesionales.

El señor Baruk, visto más de cerca, parecía ser la única persona en llevar el luto por su difunto nieto. Se veía francamente acabado, no como en las fotografías en internet: la tez cetrina, un bigote encanecido, y dos bolsones colgando de sus ojos de un color más verde que el conjunto de su cara. Alargó una mano fuerte de nudillos refulgentes, con un anillo de casado que el Vaquero juzgó demasiado barato para el número 123 en la lista de Forbes del mes. Baruk estrechó la mano de Natalia, para luego cerrarla con la otra mano, como si estuviera preparando un sándwich. Esta delicadeza confundió al Vaquero cuando recibió a su vez un fuerte apretón viril. Su aspecto no parecía tan pulcro como el de su secretario, no estaba pasando por un buen día.

—Los inversionistas —dijo, llevándolos de regreso por el mismo pasillo—, Gabriel, atiéndelos por favor —dijo a su secretario, quien hizo un puchero, como si fuera un caballero de las cruzadas, y el señor Baruk le hubiera dicho: toma esa fortaleza.

—Estoy muy contento de que hayan mandado a la Subdirección —dijo, aunque no parecía muy contento.

—Estamos removiendo cielo, mar y tierra —dijo Natalia, el señor Baruk la había tomado del brazo. Ambos eran de la misma estatura.

—Tengo entendido que ya hablaron con mis hijos y mi nuera.

—Así es, señor —dijo el Vaquero.

—Mi hijo es un inútil. Malgastó todo el capital que yo le cedí el día que se casó. Mi nuera cree que tiene vocación de santa.

—No me lo pareció —dijo el Vaquero.

Trataba de no mostrar la antipatía que sentía por el viejo Baruk.

—Siempre me despreció, porque según ella, proviene de una familia de hacendados de Puebla. Gente que lleva generaciones casándose entre ellos, y sigue soñando con los tiempos de don Porfirio.

Llegaron al final del pasillo, bajaron por unas escaleras de andamio al terreno. Una excavadora se detuvo cuando pasaron.

—¿Qué tal Jaime? ¿Cómo está tu hijo? —preguntó el señor Baruk al conductor.

—Bien, señor Baruk —dijo un hombre bajito y moreno, que se veía muy agradecido de que el señor Baruk le hablara.

—¿Ya terminó la preparatoria?

—En un mes, si Dios quiere.

Siguieron caminando lentamente por entre unas planchas de madera que habían sido colocadas en la tierra a manera de camino,

—Conozco a todos mis empleados —dijo Baruk.

Natalia guardaba silencio respetuosamente.

—Señor Baruk, no queremos quitarle mucho tiempo —dijo el Vaquero, pero el viejo lo ignoró—, solo queremos saber si usted tiene alguna sospecha

—Ninguna —dijo Baruk, con tristeza—, solo puedo pensar en la idea de un secuestro que salió mal.

—Sus hijos y su nuera tienen ideas diferentes.

—Mi nuera está mal de la cabeza. ¿Sabía usted que estuvo en tratamiento psiquiátrico?

—No.

—Fue después de que mi hijo quebrara.

El Vaquero supo que lo mejor era desviar la conversación hacia otro lado. El viejo parecía demasiado ansioso por contar demasiadas cosas.

—Su hijo piensa que es culpa de Tania, es respecto a… cómo decirlo…

—Su relación con ese imbécil llamado Mauricio Ramírez Raya, el Gizmo.

—Sí, a eso me refiero.

—Tania siempre fue incontrolable. Desde muy pequeña se juntaba con toda clase de rufianes. Yo he tomado mis precauciones. Ella no lo sabe, pero siempre he cuidado de mi familia. Al igual que Pepe, se negaba a usar guardaespaldas, pero tengo contratada una persona para que la cuide.

—Es decir, que usted vigila a su hija.

—Es una manera de decirlo. Yo también a su edad me juntaba con rufianes, allá en la colonia Morelos. Cuando recién llegamos al país mi familia y yo, en los años cincuenta, nuestros parientes de Polanco nos dieron la espalda. Yo comencé comprando y vendiendo ropa con un carrito y ahora le doy empleo a miles de personas.

—Sí, claro. ¿Entonces no cree que se trate de algo relacionado con Ramírez Raya y Tania?

—Creo que mi hijo es un pendejo resentido. No sé porque le da por involucrar a la familia en un momento como este —dijo, estaba molesto y resoplaba.

Se detuvo un momento colgando del brazo de Natalia.

—Tania dice que se debe a los negocios de su hermano.

—Mi hijo ya no tiene ningún negocio. Hace tiempo que está fuera. Yo le paso una mensualidad a él y a su esposa. Él dice que tiene negocios, pero yo estoy al tanto de todo, son cosas de poca monta.

—¿También vigila a su hijo?

—Usted no entiende, yo tengo que hacerme cargo de todo. ¿Conoce el logotipo de mi empresa? ¿El pelícano? Es algo que leí en un libro. En la edad media creían que los pelícanos alimentaban a sus crías con su propia sangre. Por eso lo asociaron con Cristo. No es que yo me compare. Nadie sabe lo que significa ese pajarraco, pero cada vez que lo veo pienso que yo soy cómo él. Todo lo que he tenido que trabajar durante décadas, por mi familia.

—Entonces también vigilaba a su nieto, ¿por qué no le dijo nada a la policía?

—Porque no me lo preguntaron, además no confío en la policía, menos en la del Distrito Federal, por eso le pedí a mi amigo, el procurador, que todo se manejara con reservas; por eso está usted aquí.

—Entonces dígame, ¿qué pasó la noche en que desapareció?

—El hombre que estaba a cargo de la vigilancia lo perdió, eso fue lo que pasó, de una manera totalmente estúpida y por eso ese hombre no volverá a encontrar trabajo en este país.

—¿Puedo hablar con él?

—Supongo que sí, mi secretario tiene los datos.

—Natalia, ¿puedes ver eso?

Natalia dudo un momento en soltar al viejo Baruk, pero el Vaquero la relevó. Natalia se alejó por el camino de planchas de madera.

—Cómo ya le dije, y esto es algo de lo que puedo hablar con usted. Mi nieto estaba limpio, totalmente limpio.

—Eso es lo que veo.

—En el fondo mi familia es una generación de víboras, como dijo Juan el Profeta. El único que lo quería realmente era yo. Él iba a ser el heredero de todo esto —dijo, mostrando el claro en medio del bosque: un paisaje desolado de cavadoras, y montones de tierra—, él era un genio para los negocios, pero su madre y su tía lo malaconsejaron para que estudiara pendejadas. Desde que era niño, con el dinero que yo le daba, compraba chocolates y los vendía, y luego venía y me mostraba lo que había ganado. A los 17 ya invertía con mi asesoramiento, era solo un juego. Luego entró a la universidad, pero yo sabía que era un Baruk, y tuve paciencia. Sabía que volvería a verme, y eso fue hace unos meses, me dijo que pensaba estudiar finanzas. Yo le ofrecí una universidad extranjera en Inglaterra o Estados Unidos, pero él me dijo que prefería estar en México, cerca de su familia, y entonces supe que su familia era yo, y nadie más que yo. Cuando él decía "cerca de mi familia", no podía referirse a su madre y a su padre, o a su tía. Su madre nunca cuidó de él, ni siquiera deseaba tener un hijo, tiene vocación de santa, siempre sospeché que era frígida; mi hijo se contentaba con estar con otras mujeres. Fui yo el que insistí en que debían de darme un nieto, porque sabía que todo esto que había construido no podía quedarse en manos de mis hijos, que lo derrocharían. Y esto... esto es mi sangre. Cuando vinieron a verme para decirme que mi nuera era estéril, fui yo el que insistió en el tratamiento de fertilidad. Los mandé a Houston. Bueno, ahora está todo perdido.

—Solo he escuchado elogios —dijo el Vaquero, se negaba a sentir compasión por Baruk, y por su nieto.

—También tenía su lado humano. Tenía sus secretos.

—¿Y cuáles eran?

El viejo lo miró de nuevo con la postura del hombre todopoderoso: el momento de debilidad había pasado.

—Eso lo tiene que averiguar usted. Ya la he dado mucho de mi tiempo —dijo.

9

ES UN MUNDO SALVAJE

El auto de Natalia, bien afinado y con el mantenimiento en regla, no producía ruido alguno en la carretera, apenas un ligero zumbido que se mezclaba a la perfección con el suave olor a desodorante ambiental. Esto y la hipnosis de las líneas de la carretera contribuyeron a la introspección, el dulce sopor de los caminos. La imagen del fantasmal rostro en la mente del Vaquero era ahora enceguecedora, aunque borrosa.

Al llegar, la oficina de la Subdirección se encontraba también sumergida en el sopor. El jefe estaba en otra de aquellas interminables juntas que el Vaquero comenzaba a sospechar no existían. Los jóvenes turcos languidecían como decadentes cortesanos en sus sillas y escritorios, esperando la hora de salida, y sobre todos ellos, Dolores Irigoyen se anunciaba como un presagio. Recordó que le había llamado la noche anterior, su actuación de muchacho de preparatoria, el silencio incomodo frente al auricular de teléfono. Avergonzado, intentó pasar desapercibido, sin acercarse al escritorio de la secretaria. Se escondió detrás de pilas de expedientes, parapetándose en su desordenado cubículo: sufría. Pero Dolores, inalterable y fresca como un nuevo día, se acercó a él.

— 85 —

—Espero que no hayas cambiado de opinión —dijo con una actitud generosa que se desprendía de todo su cuerpo.

—No, claro que no.

Ella dio media vuelta y se alejó sonriendo.

—Esa mujer va en serio —dijo Natalia Payán, quien se había acercado al escritorio sin que el Vaquero lo notase

El Vaquero, que no era ni por asomo tan rudo como su sobrenombre, se sonrojó por completo y sintió una absurda sonrisa en su rostro, como si manos invisibles jalaran de tenues hilos atados a sus mejillas.

—¿Qué tienes del libro de visitas de Pepe Baruk? —preguntó para cambiar de tema.

—Nada.

—¿Qué?

—Nadie lo visitaba en los últimos meses, ni siquiera la muchacha del aseo a pesar de lo que te dijo el portero. Parece ser que él hacía su propia limpieza.

—Imposible.

—Debe haber hombres así —dijo Natalia, y suspiró por todos los Pepe Baruk que no se le habían cruzado en el mundo.

—¿Qué tienes del guardaespaldas?

—Se llama Rodrigo Almazán. No cualquier guardaespaldas: es un capitán retirado del ejército, asistió al Estado Mayor y trabajó también para Gobernación. Tiene entrenamiento en Israel, diplomado en tácticas contrainsurgentes por la Escuela de Las Américas, espionaje y contraterrorismo. No sé cómo se le pudo escapar José Baruk de las manos.

—Un fascista —gruñó el Vaquero por lo bajo.

Un estudiante de sociología siempre será un estudiante de sociología.

—No entiendo a qué te refieres —dijo Natalia.

—Ya sabes: militares.

—El ejército es una de las instituciones más prestigiadas de este país. Debemos apoyarlo, más en estos tiempos. ¡Estamos en guerra!

—Sí, sí, lo que tú digas. ¿A qué hora vamos a verlo?

—Lo vas a ver tú. A las seis de la tarde, en La Valenciana, una cantina en la avenida Revolución. Parece que Almazán vive en San José Insurgentes y no quiso concertar una cita en ningún otro lado.

—Sí, conozco el lugar —reconoció el Vaquero, cuyo conocimiento sobre establecimientos de venta de bebidas alcohólicas en la ciudad de México resultaba ser otra de sus grandes habilidades investigadoras, si no es que la más importante— ¿Y tú dónde vas a estar? ¿Me vas a dejar solo con ese hombre?

—Voy a investigar las cuentas de José Baruk, tal vez ahí podamos encontrar algo.

—Hablando de cuentas, ¿podrías prestarme algo de dinero? Estoy quebrado, no sé por qué no me han pagado los recibos de honorarios.

—Tus recibos están vencidos desde hace dos meses. Te dejé un recordatorio en el escritorio… —dijo señalando una irreconocible pila de documentos manchada con lo que parecía ser salsa de aguacate.

Las seis de la tarde y el calor de la ciudad está en su punto más álgido. En La Valenciana es la hora más animada, las mesas se llenan de viejos vocingleros que beben de su cuba y gritan y ríen, todo en el momento de soltar un manotazo sobre una pequeña mesa llena de fichas de dominó. A las puertas de la cantina se apiñan dos o tres oficinistas, fuman los cigarrillos que por ley no pueden consumir dentro del local. Se quejan del jefe y apagan los teléfonos celulares para que no los puedan encontrar sus mujeres. Las meseras llevan veinte años atendiendo el mismo lugar, usan mallas oscurísimas en las piernas para tapar las varices provocadas por una vida de caminar entre mesas y esperar a un lado de la barra. La misma barra, las molduras de madera, los marcos de innumerables cuadros de toros y toreros, todo está bien reluciente, aceitado y brillante por la luz amarilla de los focos y el olor a chistorra frita que parece ir tan bien con la decoración.

En cualquier lugar similar se podría escuchar sobre el bullicio a José Alfredo Jiménez, Antonio Aguilar o al sempiterno trío Los Panchos. Pero sentados cerca de la rocola vemos dos figuras que se han apoderado de ella. A los viejos de La Valenciana no parece importarles. Uno de ellos pertenece a su gremio y el otro no está muy lejos de terminar aquí, como todos.

Cause out on the edge of darkness,
there rides a peace train.
Oh, peace train, take this country, come take me home again.

Almazán insistía en poner una canción tras otra de Cat Stevens hasta terminar *Teaser & the firecat,* "el mejor disco de todos", según él. Era un hombre curtido por el sol y el tiempo, cercano a los sesenta años; la piel de un color uniforme y morena; el cabello completamente blanco le iba bien cortado a lo militar. Parecía guapo aun a su edad, los hombros anchos se elevaban todavía más por las hombreras de un saco anacrónico, de color caqui y una tela gruesa y áspera como su piel. Todo en él recordaba un hombre del ejército. Sostenía su cerveza como una granada de mano a la que no le han quitado el seguro; es decir: con profundo amor. El par de bolígrafos desechables que asomaban del bolsillo de su saco transmitían tanta dignidad que parecían condecoraciones de guerra.

La voz de Cat Stevens transportaba al Vaquero a su infancia. Recuerdos de su hermana, que era hermosa y delgada, como todos los jóvenes dioses de la época, arreglándose frente a un espejo. Escuchaba *Wild World* a todo volumen en su pequeño tocadiscos portátil.

—Ya me voy mamá —decía al coger su bolso estrambótico con parches de flores del que colgaban barbas de cuero. Y grácil como era, como si no rozara el piso al caminar, salía de la casa después de besar a su hermano pequeño.

—Animo Roge: tú eres el hombre del mañana —decía y le pellizcaba una mejilla al alejarse.

—¡No vayas a protestar, no te vaya a desaparecer el gobierno! —alcanzaba a gritar la madre de ambos sin salir de la cocina, mientras preparaba la comida.

No la desapareció el gobierno, se quedó aquí en este mundo salvaje, como la gran mayoría de su generación. Escapó de la casa poco tiempo después, atormentada por recuerdos de una época convulsa, y salió a vivir un mundo de depresiones y caídas, de huidas en la oscuridad. Reaparecía de manera intermitente en la vida del Vaquero, en salas de hospitales y centros psiquiátricos, en noches insomnes cuando llamaba a la puerta para pedir un poco de dinero prestado o para presentarle un amigo extranjero que Rogelio "tenía que conocer". Cargaba en el bolsillo una furtiva botella de anís barato, para celebrar, decía, y se marchaba al día siguiente dejando un halo de colillas y pachulí que impregnaba el departamento durante semanas.

Y ahora Roge, el hombre del mañana, estaba ahí, confraternizando con un ex militar, el enemigo natural de su clase, como solía pensar cuando era estudiante. El Vaquero también rememoraba el terror en los ojos de su hermana cuando en medio de la embriaguez se perdía en los recuerdos; un pozo sin fondo de angustia, algo que un militar o un policía habían escarbado en su alma una tarde de mitin, o al salir del colegio; un destello fugaz en el que es obligada a entrar a una camioneta; un sótano de tortura y una intersección de carretera, donde está descalza, con la vista empañada para siempre.

Y sin embargo, Almazán parecía un hombre profundamente afectado por la muerte del joven Baruk, como alguien que en medio de un tiroteo con el enemigo de pronto pierde al comandante del pelotón. Y además, ¿no era el Vaquero también un policía o algo por el estilo? Lo primero que había pensado al llegar a

La Valenciana era mantener a raya a Almazán, y lo trató, tal vez, con inconsciente prepotencia. Pero conforme avanzaron las formalidades y se vaciaron las botellas de cerveza, ya no pudo mantener la pared que había intentado alzar.

—Lo que no entiendo —dijo el Vaquero, ahuyentando su ensoñación—, es cómo perdió de vista a José Baruk.

Se respiraba un aire confesional entre los dos. El capitán Almazán dio un trago largo a su cerveza, y comenzó a hablar:

—Teníamos un trato implícito y él no lo cumplió. Cuando me asignaron seguirlo mis órdenes eran muy claras: no perder de vista al muchacho, dar parte de todo al abuelo, y sobre todo, nunca dejar que me descubriera. Yo no era propiamente un guardaespaldas, sino un soplón. El primer día fue normal, demasiado cómodo tal vez. Parecía como si el muchacho me facilitara el trabajo. Manejaba más despacio en las curvas, procuraba no perderse en el tráfico. En algún momento daba la impresión de que anunciaba su posición. Fue a casa de su madre y después a su departamento, donde se encerró y no salió hasta el día siguiente. El segundo día fue igual, visito a su amigo, el tal Miguel Ruiz. Se veía todo el tiempo con el joven ese, algo que al abuelo le desagradaba.Temía por su nieto, temía algún posible escándalo. Miguel Ruiz y él eran demasiado cercanos, incluso hasta se parecían. Los dos eran de facciones finas y vestían con igual gusto en la ropa, aunque la de Ruiz era mucho más colorida, si usted me entiende. El tercer día cambió la rutina. Salió de su casa y se dirigió hacia la colonia Narvarte, no sin antes pasar por una floristería a comprar un ramo de flores: lirios creo, lirios blancos. Lo sé porque algunas veces le compro flores a mi mujer. Al salir del local José Baruk parecía un novio de esas películas bíblicas de los años sesenta, todo resplandeciente bajo un sol cegador, como si fuera a atravesar el desierto para reunirse con su amada, la reina de Saba. Manejaba diferente, más temerario, como si deseara perderme. Sabía que era imposible que sospechara que yo estaba ahí, había tomado todas las precauciones necesarias. Cuando avanzábamos sobre la calle de Xola estacionó el auto cerca del cruce con

Uxmal, era afortunado en todo, incluso logró encontrar estacionamiento en una zona tan difícil. Bajó del automóvil con el ramo de flores en la mano y comenzó a caminar con rapidez. Vi entonces que se dirigía a la entrada del metro. Yo peleaba con la indecisión de abandonar mi automóvil o seguir en la búsqueda de un lugar para aparcar. Prendí las intermitentes, dejé el coche en doble fila y me apresuré a alcanzarlo. Baruk ya se había metido a la estación del metro Etiopía. Para cuando alcancé el andén los convoyes de ambas direcciones ya salían del lugar. Por un momento pensé que había perdido al muchacho. Pero cuando los trenes se marcharon por fin, alcancé a ver del otro lado de la estación, en la escalera de salida, el par de zapatos marrones que se había puesto esa mañana. El muy listillo salía por el otro lado. Me engañó totalmente aquella vez, y no es fácil engañarme. Corrí a la salida más cercana. Baruk caminaba tranquilo, seguro de haberme perdido, porque ahora no había duda de que eso era lo que intentaba. Siento que él supo que lo seguía casi desde el momento en que fui contratado. Lo seguí hasta un edificio departamental en la calle de Yácatas, un lugar bonito, de esos edificios que construyeron por ahí no hace más de 10 años, donde puede vivir una familia de bien y toda la cosa. Nada comparado a los lugares que frecuentaba José Baruk. El muchacho entró y yo me quedé afuera en una esquina, esperando. Estaba enojado con él, tenía ganas de darle una buena tunda. No se debe hacer correr a los viejos cómo yo. Pero ya ve, así es el trabajo. Yo mismo me lo busco: no necesito trabajar en esto. Cuando salí del Estado Mayor tenía suficiente dinero para vivir muchos años, tranquilo y contento, dedicado a lo que me gusta, que son los automóviles clásicos. Tengo tres hijas y todas son independientes. Incluso a veces le deslizan dinero a mi mujer cuando creen que no estoy viendo. En fin, que me metí a guardaespaldas porque en la casa me aburro. Ahora, claro, pienso incluso dejarlo. Y no es que mis hijas me necesiten ni me vayan a extrañar si algo me sucede (o eso creo yo), pero es que los ricos, los únicos que pueden pagar mis servicios, son un atajo de cerdos pedantes. Todos menos Pepe Baruk, que en paz descanse… Porque ese mismo día algo pasó. Recuerdo que comenzó a llover endemoniadamente, nublándose de pronto como es costumbre en esta ciudad. Era obvio que no podía alejarme del edificio y para colmo mi abrigo y paraguas estaban en el maletero del auto. El viento comenzó a soplar arrastrando los hilos de lluvia con fuerza, y con él, el frió arreció. Comenzaron a dolerme viejas heridas y los dientes me castañeteaban.

”Entonces lo vi. Como si hubiera bajado del cielo o emergido de la tierra, demostrando cuan sigiloso podía ser él o que tan viejo me estaba poniendo yo. José Baruk estaba frente a mí, con una expresión tímida y cordial en el rostro. Se protegía de la lluvia con un paraguas transparente y en la otra mano llevaba un abrigo y un paraguas sin abrir. Se acercó a mí y dijo que no quería molestarme. ¿Entiende? ¡No quería molestarme! Sabía que mi trabajo era secreto y bajaba allí, como sin nada, mientras yo cogía una maldita neumonía. Estuve a punto de molerle el rostro a golpes, pero entonces me ofreció pasar al edificio con el argumento de que afuera hacía frío y la lluvia era muy violenta. Yo, por supuesto, lo rechacé. Entonces me tendió el paraguas y el abrigo y dijo que esperaba una respuesta parecida. Me tragué mi orgullo y cogí las cosas que me ofrecía. El abrigo era muy fino y de un corte impecable, de los que él mismo usaba, el paraguas también era muy bueno. No era de esos paraguas que cuestan veinte pesos a las salidas del metro y se voltean por completo al primer aironazo, si usted me entiende. Cuando acepté las prendas su semblante cambió, algo parecido a una sonrisa le quedó en el rostro y se retiró, no sin antes ofrecerme pasar cuando gustara. Él era diferente.

—Lo que sigue sin explicarme —dijo el Vaquero, interrumpiendo la narración de su acompañante— es cómo lo perdió de vista la noche del ascsinato.

—Yo no me quedé contento esa noche. ¿Quien vivía en el departamento de Yácatas, y por qué era tan precavido? Hice averiguaciones por mi cuenta. Pedí a los muchachos que hicieran un poco de labor de inteligencia.

—¿Los muchachos?

—Nada importante, un grupo de compañeros retirados de distintas áreas del ejército, la marina y la policía. A veces nos juntamos los jueves a jugar dominó y hablar de los viejos tiempos. Nos gustan igual los automóviles de colección y alguna vez tuvimos la idea de mandarnos a hacer unas chaquetas de cuero bordadas: "Los muchachos", ya sabe. Así somos los viejos con la edad, nos volvemos excéntricos y nos apegamos a cosas sin importancia. En fin, le pedí a uno de mis amigos, García, que me averiguara todo sobre el lugar. Resultó vivir ahí mismo una señorita de no malos bigotes: Elisa Martínez. Descubrí que era la pareja sentimental de Baruk y que habían procreado un hijo juntos. El muchacho apenas tenía veinte años, pero... era tan maduro. La señorita Martínez, aparte de su buen ver, no tenía nada de especial. Nueve años mayor que Baruk, de una familia de clase media baja que salió adelante gracias al esfuerzo y el trabajo, tiene una agencia de publicidad a la cual le va más o menos bien. La diferencia de edad me asustó en un principio, y lo del hijo me asustó más. Le di parte a Lorenzo Baruk, quién se preocupó igual que yo. Hay muchas mujeres del tipo allá afuera, se agarran a un hombre ingenuo y de buen corazón pero que se está pudriendo en dinero. Sin embargo, las órdenes fueron las mismas: no actúes, síguelos e informa. Supongo que el viejo quería ver hasta donde llegaban las cosas. Una tarde, de las pocas veces que se dejaban ver juntos en la calle, los seguí hasta el cine. José era un hombre esplendido a la hora de ser padre, jugaba con el niño, lo reprendía tiernamente, lo acariciaba y ambos sonreían. Y Elisa, ella tenía una dignidad sorprendente y un amor maternal que se desbordaba sobre los dos. Parecían la divina familia. José, como siempre, sabía que lo seguían, pero nunca dijo nada; era una persona muy especial, una persona del pueblo, si se puede decir. Una vez incluso lo seguí hasta el estado de Morelos, con el tal Ruiz. Fueron a entrevistarse con unos líderes comunitarios que protestaban contra la construcción de una planta de tratamiento de chatarra, o una de esas cosas que hacen los hippies. José tenía mucha paciencia con Miguel Ruiz, le hacía caso en todo. Llegaron a la protesta y Baruk se veía fuera de lugar, como si no supiera tratar a la gente. Miguel Ruiz en cambio era un líder nato, gestionaba, ordenaba, pedía. Los comuneros se acercaban a él y apuntaba todos sus problemas, encontraba posibles soluciones, llamaba por teléfono. Baruk permanecía callado, como si nunca hubiera visto campesinos en su vida. Pero aun así se le acercaban los viejos, los niños, las mujeres. La sola presencia de José parecía tranquilizarlos.

—Almazán —Rodríguez posó una mano sobre el brazo del militar retirado. Parecía adivinar mucho dolor, cómo si el ex militar también, al igual que Elisa Martínez o los padres y la tía, estuviera enamorado de José Baruk—, no me ha dicho cómo lo perdió de vista.

—Es que él rompió el trato. Sabía que lo seguía pero fingía lo contrario, siempre fue así. Esa noche llegó al edificio de Ruiz en la colonia Del Valle y salió en menos de cinco minutos. Un hombre lo acompañaba. Al verlo, supe inmediatamente que era un matón; un gesto de Pepe, un intento de escapar, cualquier cosa y yo hubiera cubierto la situación. Pero él no dijo una sola palabra, no intentó nada, y me hizo dudar. Debí haber seguido mis instintos. Subieron al automóvil de Pepe y se echaron a andar. Se dirigieron rumbo al Eje Central, el tráfico era espantoso, un tapón de automóviles impedía el paso y estuvimos varados durante muchos minutos, un tiempo precioso en el que pude haber bajado y terminado con el problema. Pero desde mi automóvil, donde alcanzaba a ver a José, él parecía tranquilo. Los dos tripulantes charlaban y parecía que nada iba a pasar. Entonces se abrió un pequeño hueco en el tapón de automóviles sobre Eje Central y José acelero violentamente, pasando entre todos los vehículos con un espacio de centímetros. Una maniobra que solo un piloto de carreras hubiera podido lograr…

—Increíble —gruñó el Vaquero.

—Toqué el claxon hasta cansarme, pero nada se movió durante varios minutos. Informé al viejo mandamás y me corrió del trabajo. Ni falta que hacía, yo estaba cansado. Días después supe lo de su muerte.

Afuera había oscurecido por completo y unos nubarrones desgarrados se observaban en el cielo. Como esos nubarrones parecía el ánimo del capitán Almazán, su carácter adusto le impedía transmitir mayor dolor que el que se adivinaba en su semblante, pero lo cierto es que sufría. Sufría su orgullo y otra parte más profunda de su ser.

Llegaron hasta el automóvil del capitán, un Camaro SS 67 pintado de negro, con dos bellas franjas blancas al frente. Cuando Almazán hizo alusión al coleccionismo de automóviles, el Vaquero nunca pensó en esa maravilla. La luz del alumbrado público arrancaba destellos a la pintura impecable y las entradas de aire cromadas que sobresalían del cofre. El Vaquero soltó un silbido y por la cara de satisfacción de Almazán, supo que debía estar acostumbrado a tales reacciones.

—¿Por qué no le dijo a la policía nada de esto? —preguntó el Vaquero, quien parecía no comprender lo obvio.

—¿Policía? ¿Es qué aun no lo entiende? Yo no soy un testigo, yo nunca conocí al muchacho, yo nunca tuve tratos con la familia Baruk. Todo se lo informé puntualmente a Lorenzo Baruk y él decidió no dar más información a la policía. Como le dije, el temía por su nieto, temía el escándalo y quería cuando menos proteger la memoria de Pepe. No quería que lo relacionaran de ninguna manera con Miguel Ruiz. Como si importara ahora.

—Respecto a Elisa Martínez. ¿Cree usted que pueda visitarla en estos momentos?

—Si no ha cambiado su rutina, debe estar llegando del trabajo ahora mismo. Preparando la cena, qué se yo. La luz de su estudio muchas veces se quedaba prendida hasta tarde. Escuche, Rodríguez, quiero que atrape a ese hijo de puta que lo mató. Me interesa tanto como a usted. Cualquier cosa que necesite, no dude en llamarme —dijo, y le tendió una tarjeta de presentación: "Rodrigo Almazán. Logística y consultoría en seguridad".

—Así le llamo a mi negocio. Tengo un escritorio en la sala. Mi hija dice que es una cosa de viejo chocho.

El capitán ya no dijo más, se caló unos lentes oscuros que sacó del bolsillo interior del saco y se subió al automóvil. Mientras se alejaba, el sonido del poderoso motor pareció romper el bullicio uniforme de la noche.

UN RAMO DE LIRIOS BLANCOS

Caminó hasta un minisúper y compró una tarjeta para recargar el tiempo aire de su celular. El plástico billete de veinte pesos con el retrato señero de Benito Juárez produjo el ruido más triste del mundo al salir del pantalón del Vaquero, desdoblarse y caer, como sin querer, sobre el mostrador de la tienda. Algún día la subdirección le pagaría todo el dinero que le debía. Llamó a Natalia.

—¿Qué hay? —dijo Natalia.

—No mucho, Pepe Baruk tiene un hijo con una mujer.

—¿Qué? —exclamó Natalia

El Vaquero imaginó complacido la cara de incredulidad de su compañera. Le gustaba pensar que era un mago y que, si alguna vez le pagaban, era por trucos como ese.

—Te veo en la esquina de Yácatas y Romero de Terreros.

Elisa Martínez era una mujer de unos 27 años, calculó el Vaquero, que se movía con mucha determinación. Era por lo tanto siete años mayor que Pepe Baruk. Morena, grandes ojos negros, de largos cabellos lacios, baja de estatura: una belleza mexicana. El Vaquero, que era un buen observador, supo que Elisa Martínez era un hueso duro de roer, una mujer con carácter, de las que se hacen a sí mismas. El cabello un poco revuelto, Elisa iba vestida todavía de oficina: falda de lana y una blusa blanca que le quedaba muy bien, aunque se la había arremangado y se había puesto unas sandalias muy confortables y gastadas. No usaba maquillaje, no lo necesitaba. No llevaba medias, tenía un par de rodillas gruesas y muy bonitas, pensó el Vaquero. Las sandalias y el cabello, los botones superiores de la blusa desabrochados, todo hablaba de costumbres y rituales forjadas al calor de la determinación y el trabajo.

Hacía calor dentro del departamento. Las ventanas estaban abiertas al balcón de donde llegaba el olor a tierra mojada de las jardineras. La calle de Yácatas era tranquila a pesar de estar a una cuadra de la avenida Cuauhtémoc.

—¿Una copa de vino? —preguntó Elisa.

—No, gracias —dijo el Vaquero.

—Yo sí —dijo Natalia, quien aún no se recobraba de la noticia de que Pepe Baruk tuviera una relación amorosa y además un hijo. Aunque a diferencia del Vaquero parecía simpatizar de antemano con Elisa Martínez, y antes de eso, con la idea de la existencia de una Elisa Martínez.

La recién descubierta viuda sirvió media copa de tinto chileno a Natalia y otro tanto para ella. Se sentó en un sillón frente a Natalia y Rogelio. El ambiente parecía el de una visita social, antes que un interrogatorio. Natalia tomó la copa con ambas manos, echada hacia adelante, hacia Elisa, como quien está a punto de escuchar una confidencia; como si fueran viejas amigas de la preparatoria que no se hubieran visto en diez años. El Vaquero se recargó hacia atrás en el sillón, cruzó las piernas, y alargó un brazo por el respaldo, detrás de Natalia, tratando de no parecer alerta. Lo asaltaba una sensación de malestar. En un comienzo el caso le había intrigado como un mero problema, un crucigrama por resolver, pero al estar ahí, frente a Elisa, el asunto estaba por convertirse en una tragedia. Y no le gustaban las tragedias. Era una cuestión de clase. Podía mantenerse frío cuando se trataba de los ricos y famosos, que era con los que trataba la mayor parte del tiempo la Subdirección.

Un niño de dos años miraba en el televisor un dibujo animado sobre una esponja de mar que vivía en una piña y cuyo mejor amigo era una estrella de mar, o eso era lo que el Vaquero pudo entender. La relación que ambos personajes parecían mantener a lo largo del episodio no parecía normal, no desde un punto de vista heteronormativo. El Vaquero observó al niño con curiosidad, era uno demasiado tranquilo para su edad. Aunque era moreno como su madre, en su aparente sosiego podían verse los rasgos de Pepe Baruk. ¿Sabría que su padre no iba a volver? ¿Le habrían dicho que estaba de viaje? ¿Lo recordaría más tarde cuando creciera? ¿Su padre se convertiría en una presencia borrosa, un recuerdo lejano, amable? ¿O acaso odiaría esa imagen a causa de su abandono involuntario, de su lejanía espiritual? Algo era seguro, que sus relaciones con la familia Baruk, esa manada de chacales, no podrían nunca ser tranquilas o fáciles en ningún aspecto.

El niño se estaba quedando dormido frente al televisor, apoyado en un cojín que tenía entre los brazos. Rogelio notó que el departamento estaba decorado con buen gusto. Los muebles no eran muy caros pero tampoco eran baratos. Parecían comprados a crédito en una tienda departamental. Las paredes permanecían desnudas, y sobre una mesita de café había un florero con lirios, lirios blancos, como los que compró Pepe Baruk aquella tarde lluviosa en que ganó el corazón del capitán Almazán. Eran las flores favoritas de Elisa Martínez, se podía adivinar. Por todos lados el Vaquero podía ver una pulcritud muy distinta a la del departamento de soltero de Felipe de Jesús Baruk. Era la pulcritud de un hogar, fruto del trabajo y de una educación lograda con esfuerzo.

—Debo de acostar a Pepe —dijo Elisa Martínez, apagó al televisor y tomó al niño en sus brazos.

El niño le dedicó a Natalia una mirada somnolienta y de curiosidad.

—Hasta mañana, Pepe —dijo Natalia, haciendo un gesto con la mano, adelantando aún más su cuerpo y afectando la voz con condescendencia, como se acostumbra hablar a los niños y a ciertos animales.

Al Vaquero le sorprendió esta muestra de maternidad en su compañera.

—Regreso en un momento —dijo Elisa.

—Adiós —dijo el niño, por encima del hombro de su madre.

—Precioso, ¿no? —le dijo Natalia.

—Sí —refunfuñó el Vaquero. Los niños le ponían nervioso.

Elisa regresó unos minutos después y volvió a acomodarse en el sillón con su copa de vino. Se quitó las sandalias y subió los pies en el sillón, no como una odalisca desparramándose sobre un cuadro de Ingres, sino recogiendo las piernas con la calma milenaria de una anciana japonesa, apoyando su brazo derecho sobre el izquierdo y sin soltar la copa.

—Lamentamos mucho venir en estas circunstancias —comenzó a decir el Vaquero, titubeante—, pero bueno, ignorábamos completamente su existencia…

—Pepe era una persona muy discreta —dijo Elisa con naturalidad, como quien dice que hace un buen clima.

—¿Usted nunca ha ido a declarar, verdad?

—No sabía si debía, en realidad he estado esperando todo este tiempo. ¿Debo de acompañarlos?

—No, nosotros no somos del Ministerio Público. ¿Cuándo fue la última vez que vio a José Baruk?

—Un día antes de…

—¿No vivía con usted?

—Es difícil de explicar, pero las cosas se fueron dando de esa manera. Dormía aquí dos o tres veces por semana.

—Entiendo —dijo el Vaquero y anotó en su libreta.

—No creo que usted entienda.

—No, claro, que no —y era verdad. ¿Qué extraño pudor le atacaba frente a Elisa? ¿De qué tenía miedo? ¿No ansiaba, precisamente, la confirmación de que José Baruk era un hombre mortal, común y corriente, después de todo?

Natalia puso una mano en la rodilla del Vaquero, como diciendo: "es mi turno al bate".

—¿Exactamente cuál era la naturaleza de su relación?

—¿A qué se refiere?

—Ustedes…

—Estábamos casados.

—Oh —se limitó a decir el Vaquero, y se sintió avergonzado.

—Ahora si me permite una pregunta, ¿si ustedes no son del Ministerio Público, quiénes son?

—Es una nueva subdirección —dijo Natalia y sacó de su bolso una identificación—, somos de la Procuraduría, nos dedicamos solamente a la investigación.

—¿Subdirección de Materiales de Cómputo?

—Estamos realizando la investigación de la manera más discreta posible, a petición de la familia Baruk, al menos no tendrá que ir a declarar. Por lo que concierne a nosotros, la policía no tiene que enterarse siquiera de su existencia, si así lo desea.

—Está bien —dijo Elisa, no muy convencida.

—¿Cómo se enteró de su muerte?

Elisa se veía nerviosa, pero parecía afrontar el luto con tranquilidad y resignación.

—Un hombre me llamó ese día, me dijo que era amigo de Pepe, tenía una voz grave, como de viejo. Se escuchaba triste, pero colgó muy rápidamente. Yo no quise creerlo, me pareció una broma de mal gusto —dijo Elisa, y Rogelio supo que aquella llamada anónima, este "amigo", debió ser capitán Almazán—. Por la tarde me llamó Miguel Ruiz para confirmarme la noticia.

—¿Es amigo suyo?

—Es un cliente mío.

—¿De qué?

—Tengo una agencia de publicidad, yo diseñé toda la imagen de La voluntad de la Tierra, la ONG de la que es fundador.

—¿La familia no ha intentado ponerse en contacto con usted?

—Excepto su abuelo, todos ellos ignoran mi existencia.

—¿Pero por qué?

—Así lo quería Pepe. Él odiaba a su familia y no deseaba que Pepito tuviera contacto con ellos. Bueno, nunca lo expresó de tal manera, pero es lo que imagino. No creo que fuera capaz de odiar a nadie en realidad, pero si sentía, cuando menos, una gran desconfianza de sus parientes. Cuando quedé embarazada decidí cortar relaciones con José. Aunque él era increíblemente maduro para sus veinte años, éramos de mundos muy diferentes y yo nunca tuve paciencia para las excentricidades. Nunca tuve miedo de criar un hijo estando sola, y se lo hice saber. Pensé que como cualquier hombre en esos casos se sentiría aliviado y escaparía al instante. Sin embargo, José me rogó que nos casáramos. Aunque al principio mi respuesta fue negativa, él insistió. Al final acepté con un par de condiciones: que no viviera con nosotros y que no quería ver un solo centavo de su familia. Él, desesperado o de acuerdo, nunca lo sabré, aceptó. Nunca hizo nada por presentarnos a su círculo, sin embargo, sí se quejaba de ellos conmigo, de los trastornos de su madre y la incompetencia terrible de su padre. De su abuelo, esa presencia ominosa y patriarcal. Él quería a su abuelo casi más que a nada en el mundo, pero era un amor como una carga que lo aplastaba poco a poco. "Un hombre demasiado grande", decía cuando hablaba de él, e inmediatamente se mostraba abatido.

—Pero entonces, eso era prácticamente un noviazgo.

—Sí, pero José insistió mucho en que nos casáramos y que Pepito llevara su apellido. Quería ofrecerle certeza jurídica al niño, tal vez previniendo alguna reacción negativa de sus familiares. Sin embargo, yo no pienso tomar nada de los Baruk. El viejo Lorenzo vino a verme poco después de la muerte de mi marido, no me gustó como trataba a Pepito, como si fuera la reencarnación de José o algo por el estilo. Le hablaba con una familiaridad añeja, extraña, pues era la primera vez que veía al niño: "José, mira cómo has crecido. Te volverás un hombre en cuanto menos nos demos cuenta". Me dejó su tarjeta y me prometió que nada le faltaría a su bisnieto. Quise negarme en ese momento, pero algo en su tono de voz, en la manera en que me alzaba la tarjeta, con la mano morena, pulcra y huesuda... había algo en toda su actitud, y no pude rechazarlo. Cuando se fue lo pensé mejor y no volví a comunicarme con él. Eran muy diferentes sin duda, José y su abuelo. El viejo se impone como un águila, José ni siquiera necesitaba pedir las cosas...

—¿Alguna sospecha de quién lo mató? —preguntó por fin el Vaquero, más cansado de la santidad del joven Baruk, de la fuerza arrolladora del viejo Lorenzo, como una absurda alegoría bíblica donde el muerto era Jesús y su abuelo el dios del rayo.

—No sé, no podría acusar a nadie. Tal vez fue ese mundo el que lo mató, el dinero, la decadencia de sus congéneres. ¿Estoy bajo sospecha?

—No, claro que no —contestó el Vaquero, —debemos cubrir todas las pistas.

—Entonces hable con Miguel Ruiz, si de algo estoy segura es que conocía a mi marido mejor que yo.

Natalia y Rogelio salieron del edificio con una sensación de abatimiento, caminaron en silencio un par de cuadras hacia sus automóviles. A pesar de la simpatía innata de Natalia Payán por el occiso, la cercanía de su mujer y su hijo le habían revelado un mundo nuevo, de humanidad y fragilidad; admiraba a Elisa Martínez y al mismo tiempo sentía lastima por ella. La fotografía del cráneo agujerado de Pepe Baruk comenzaba también a atormentarle.

La colonia Narvarte permanecía apacible, solo habitada aquí y allá por el triste ladrido de algún perro de azotea. No muy lejos de ahí, en los astronómicos términos de distancia de la ciudad de México, se alzaban las oficinas de La Voluntad de la Tierra. Y sin embargo era noche y la entrevista con Miguel Ruiz tendría que esperar. Rogelio se sentía triste, desahuciado, ninguna de las pistas que había seguido apuntaba a nada nuevo en el caso. Todo el asunto parecía sacado de un tabloide de chismes sobre celebridades. A diferencia de sus colegas en las procuradurías, en las estatales y la federal, al Vaquero le pagaban por resolver los casos de verdad y sabía de antemano que en la gran mayoría de los crímenes, lo pasional actuaba más bien como una tapadera de las fiscalías frente a la maleable opinión pública, hambrienta siempre de creer una historia de amor vergonzoso en el asesinato de un juez o un presidente municipal. El verdadero motivo del asesinato de José Baruk no provenía de toda esa caterva de personajes obscenos que le resultaba su familia, tampoco pasaba por Elisa Martínez y su pequeño hijo. Había algo más.

Metió las mano en el bolsillo de sus pantalones de mezclilla y sintió las leves, casi insustanciales monedas que le quedaban. José Baruk hubiera cogido esas monedas y las hubiera transformado en el doble, el triple, el quíntuple y después con ese dinero hubiese construido una casa hogar para los niños pobres. Pero José estaba muerto y Rogelio tenía que cenar esa noche con Dolores. Llegaría con la cara enrojecida de vergüenza y las manos vacías, faltando a las más elementales fórmulas de cortesía.

—¿Necesitas dinero? —dijo Natalia, adivinando en el rostro meditabundo de su compañero lo que le afligía. Algo dentro del Vaquero terminó de romperse. ¿Qué vida era esta?, se preguntó. Había perdido la cuenta de la cantidad de dinero que debía a Natalia Payán, entre prestamos ridículos, cigarros, recargas de un teléfono celular eternamente sin crédito.

—Doscientos pesos… en cuanto salgan los recibos…

—Lo sé, no te preocupes —le interrumpió Natalia sin asomo de condescendencia en la voz. —¿Es cierto que vas a cenar hoy con la secretaria del jefe? Todo el mundo lo comenta en la oficina. Esa mujer te conviene, pondría un poco de orden en tu vida.

Vaquero no contestó a las alusiones de protomatrona norteña de Natalia. Ella subió a su automóvil tras deslizarle un billete de doscientos pesos en la mano; también tenía una cita importante esa noche con su novio, quien había reservado una mesa en un conocido restaurante de Santa Fe, el Au Pied de Cochon, donde asistía la nueva elite política en búsqueda del refinamiento que la provincia les había negado y que ahora, en el poder, se volvía un hueco que llenar.

El Vaquero caminó un rato más, dando rodeos para llegar a su automóvil, disfrutando la noche, la calma chicha de ese momento antes de la tormenta.

—¿Señor Rodríguez?

Junto al Vaquero, sin notarlo, caminaba un hombre joven. Era el secretario de Lorenzo Baruk, aquel pulcro ejecutivo de Lorana que los había recibido en la planta tratadora de Morelos. Vestía ahora casualmente aunque con ropa muy fina y paseaba con correa un perro afgano de impecable melena. Era raro verlo en la calle, sin su aura de formalidad y admiración por el viejo mandamás. Rogelio Rodríguez no pudo recordar su nombre en ese momento. Recordaba que de su boca solo salieron halagos para Lorenzo Baruk y reproches para sus adversarios; reproches cargados de una suerte de tristeza, como si los aludidos actuaran contra su jefe movidos solo por la ignorancia de su grandeza.

—Gabriel Esparza —dijo el secretario, adelantándose a los pensamientos del Vaquero—, no nos presentaron en aquella ocasión. Era un caos, con los comuneros y los inversionistas españoles, creo que ni siquiera pudimos hablar más de cinco minutos.

—Claro, Esparza. ¿Cómo ha estado? —el Vaquero le estrechó la mano fría y delgada. Se sentía como un calamar— Qué hermoso perro —dijo después con aprensión, y realizó con la mano izquierda un gesto en el aire como si lo acariciara de lejos. Al igual que los niños, los perros también le ponían nervioso. ¿Qué hacía el secretario personal de Lorenzo Baruk por estos lares? Era obvio que había sido puesto ahí por el viejo, quien no se iba a quedar a gusto sin tener el control, aunque sea entre las sombras, del destino de su bisnieto, la reencarnación de Buda.

—¿Le gusta? Los afganos son una raza difícil y no muy inteligente. Yo sé que por el porte que tienen no lo parece. Lo tengo desde cachorro y me ha dado muchos dolores de cabeza.

El secretario se puso en cuclillas y abrazó al perro, parecía como si posara para una revista de mascotas.

—Y sin embargo estoy muy encariñado con él. Ya ve, los perros casi siempre son mejores y más dignos de confianza que las personas.

—¿Y usted vive en la colonia?

—Justo aquí a la vuelta, sobre Anaxágoras. Me gusta pasear con el perro. La Narvarte es de los pocos oasis de cordura en esta ciudad de locos.

Gabriel Esparza le dio la impresión de ser un hombre solitario, y sin embargo, contento con su condición, como si toda su personalidad, con excepción del perro, se hubiese apagado para servir mejor a su jefe. Parecía fuera de lugar en el esquema mental del Vaquero, como un personaje que por accidente se hubiese colado en una fotografía familiar. Había algo de ridículo en su figura y su cortesía; el perro espigado de porte magnífico parecía un accesorio mal puesto a su persona. Todo el detalle del animal parecía exagerado, inverosímil para quien realiza el acto de soplón y vigilante. Tal vez dijera la verdad.

—Es una suerte que lo encuentre, de cualquier manera mañana iba a buscarlo. Al señor Baruk le encantaría saber cómo van las investigaciones. Tiene mucha confianza en ustedes, el procurador habló maravillas de la Subdirección de Materiales de Cómputo.

El Vaquero se molestó, aunque era normal que los afectados en los casos que investigaba la Subdirección presionaran constantemente, e incluso contrataran agentes externos que entorpecían la resolución de los mismos. Pero el súbito encuentro nocturno y la inminencia de su cita con Dolores le habían puesto los nervios de punta. Si Esparza no seguía a Elisa Martínez, es probable que lo estuviera siguiendo a él. Quién sabe cómo demonios tenía que interpretar su aparición, ¿una advertencia?, y de ser así ¿de parte de quién? ¿Cómo un aliciente, una palmada en la espalda? ¿Una verdadera casualidad?

—Mire, Esparza, cuando sepamos algo se lo haremos saber a su jefe.

—Mentiría si dijera que no me importa de manera personal. El señor Baruk es como un padre para nosotros los que trabajamos cerca de él. Vamos a hacer una cosa, le voy a dejar mi número de teléfono directo, para que no tenga que pasar por el montón de contestadoras y secretarias a la hora de hablar con mi jefe —sacó de su cartera una tarjeta—. ¿Ha investigado usted a los comuneros?

—¿Usted no piensa que…?

—Esa gente es capaz de cualquier cosa. Son personas a las que la civilización les llegó muy tarde. Si querían dañar a don Lorenzo es justo donde hubieran comenzado. Además al joven José se le vio confraternizando con ellos, es obvio que le conocían.

Pronunció "el joven José" como un criado del siglo xix hubiese pronunciado "el señorito", con una mezcla de respeto y condescendencia.

—Su jefe nunca nos dijo nada al respecto.

—Esos indios estaban contentos con lo que la empresa les había pagado por sus tierras, mucho más de lo que valen, por cierto; pero entonces llegó Miguel Ruiz y los alzó contra nosotros, indudablemente buscando sacar provecho. Ni caso tiene decir que al señor Lorenzo se le rompió el corazón al ver a su nieto entre la chusma, engatusado por Ruiz y su discurso altermundista reciclado. "¿Qué no habrá nadie capaz de librarme de ese activista turbulento?", recuerdo que dijo con la mano en el pecho, como si de hecho le doliera físicamente. Pero claro, usted sabe de su trabajo, yo sé del mío. Es solo que no imagino quién más podría hacer daño a tan excelente persona. Yo solo soy un secretario, un asistente.

—Claro… mire, tengo que irme… —dijo el Vaquero, como quien no tiene nada más que decir a una persona completamente desconocida que insiste, desagradablemente, en continuar una conversación— pero muchas gracias por la ayuda —completó después al guardar la tarjeta de presentación en el bolsillo de la camisa.

Cuando metió la llave en la cerradura del auto, tuvo un momento de lucidez: la visión, el rostro de José Baruk entre la multitud se hizo más claro, y esta vez casi podía tocarlo con la punta de los dedos, pero luego, una vez más, se esfumó.

SOY UN CHICO RUDO

Estacionó el coche frente a un minisúper junto al Viaducto, a dos cuadras de los multifamiliares donde estaba el departamento de Dolores, en la delegación Venustiano Carranza. Se escuchaba el ruido incesante de los aviones a reacción que descendían sobre el aeropuerto internacional de la ciudad de México. Cada uno de estos parecía demostrar la existencia de otros países, ciudades y nacionalidades ajenas a los problemas laborales y personales del Vaquero.

—¿Cuánto cuesta esa botella de vino? —preguntó al encargado del minisúper.

Este era un joven escuálido con el rostro cubierto de acné, de tan lenta respuesta que, sin saber por qué, tal vez por los hechos recientes, o por la inminente cena con Dolores, exasperó de una manera irracional al Vaquero. Bajo la luz mortecina de los tubos de luz del establecimiento, flotaba el inconfundible olor a marihuana.

"Estoy más estresado de lo que parece", pensó.

El joven giró sobre su propio eje y buscó en la estantería de los vinos y licores, con la parsimonia de un aficionado al arte frente a una obra maestra. La única botella de inminente vino nacional estaba entre una del peor tequila y otra del peor whisky canadiense que era posible encontrar en uno de esos establecimientos. El joven colocó la botella frente al mostrador, cubierta con una gruesa capa de polvo, como si hubiera estado añejándose en el sótano de algún lord inglés.

—Cien pesos —dijo.

—¿Cuánto?

—Cien pe…

—Era una pregunta retórica —dijo el Vaquero, no de manera impasible como hubiera querido, y puso sobre el mostrador un arrugado billete de doscientos pesos.

Como muchos mexicanos de edad madura no sabía nada de vinos, pero le causó desconfianza (como a muchos otros mexicanos de edad madura), que ese estuviera fabricado y envasado en México, pese a que una vez había escuchado a un experto en la televisión decir que había buenas marcas nacionales. Lo más probable era que la botella cubierta de polvo frente a él no ostentara ninguna de estas.

—¿Le doy una bolsa? —preguntó el empleado, indiferente ante la legítima desconfianza del Vaquero.

—¿Un trapo? ¿Tienes un trapo?

El empleado removió debajo de la estantería y sacó un trapo con tal lentitud que el Vaquero literalmente se lo arrebató de las manos para limpiar con torpeza la botella.

Era una apacible noche de primavera en la ciudad de México. El Vaquero, ciertamente un alma sensible, pudo ver sobre el cielo, para su sorpresa, algunas de las constelaciones, y recordó que conocía los nombres de ellas, aunque el interés por esas cosas se había ido, como por muchas otras, hace ya tiempo, junto con su juventud y su militancia universitaria, cuando era un joven radical con elementales, pero sublimes ideas de izquierda. Pensó en Pepe Baruk, en su esposa, en el secretario del abuelo Baruk. Como una especie de tirón en los intestinos, el Vaquero recordó que hacía muchos años había estado casado; que había tenido una vida doméstica, y que la había echado a perder por culpa de los pensamientos obsesivos que afectaban, en primera instancia, la frágil persistencia de su libido.

Tocó de una manera tímida frente a la puerta del departamento y no hubo respuesta. Miró su reloj, eran las nueve con cinco, había llegado al diez para las nueve, pero esperó en el automóvil: no era una buena idea mostrarse demasiado predispuesto frente a una mujer. Lo mejor era mostrar cierta cortés indiferencia, tener un pie en el estribo y otro en el suelo en caso de que las señales o las actitudes de la parte contraria no fueran favorables y evitar así una humillación, una negativa, o ambas cosas. Al Vaquero le gustaba solo acercarse y esperar, y esta era la razón por la que no tenía la suficiente experiencia en el campo de lo femenino.

Volvió a tocar, esta vez un poco más fuerte, y tampoco hubo respuesta. Al otro lado del visor de la puerta, y por debajo de la misma, había una luz cálida y un silencio familiar que no presagiaba nada bueno. Sujetó con más fuerza la botella del cuello y sostuvo el resto con el antebrazo y el costado, como si se preparara para una justa medieval, y volvió a tocar, esta vez demasiado fuerte para su pesar. Podía entrar a salto de mata en una guarida de secuestradores, interrogar a los ricos y famosos, siempre armado con el desprecio de quien proviene de la clase trabajadora, pero llegar a la casa de una mujer, con un hijo, para cenar, armado con una botella del peor vino nacional que el servicio público puede pagar, eso ya era otra cosa.

—¿Quién es? —dijo del otro lado una voz de mujer que no era la de Dolores, a no ser que esta hubiera envejecido años de un día para el otro.

—Busco a Dolores —carraspeó el Vaquero.

Las tres chapas produjeron un chasquido al otro lado de la puerta, una tras otra, de arriba hacia abajo, como si se abriera la puerta de una bóveda de seguridad. Apareció el rostro de una mujer de cincuenta y tantos años, con el cabello corto y canoso, una sonrisa extendida y afable, como la de Dolores, vestida con una blusa de flores, y bañada en un perfume muy fuerte que el Vaquero identificó como uno de los que Dolores vendía por catálogo a las otras secretarias de la subdirección.

—Ah, Rogelio —dijo la mujer—, pasa. Dolores se está arreglando. ¡Dolores! ¡Te buscan!

Junto a la cadera de la mujer apareció un rostro serio de niño que lo miró sin mostrar un sentimiento definido, o al menos no la afabilidad que el Vaquero podría haber agradecido como propicia.

—Hola —dijo el Vaquero, inclinándose hacia el rostro del niño, con el mismo tono que hubiera usado para con el perro afgano del secretario de Baruk.

El niño sonrió, y luego su rostro se tornó serio y desapareció detrás de su abuela, en el interior del departamento donde el Vaquero ya había entrado, y que trataba de no examinar, a pesar de que su trabajo consistía en examinarlo todo. Era un lugar acogedor con muebles baratos y un poco cargado en la decoración. La luz que había visto al tocar provenía de una lámpara de pie en una esquina, junto a un televisor y un librero lleno de fotografías en marcos de diferentes materiales y tamaños. A la derecha había un juego de mesa y sillas de esos que la gente llama rústicos y que se venden en los tianguis de la ciudad de México. Una barra de azulejos con un microondas separaba el comedor de una cocina de tamaño mediano desde donde provenía el feliz aroma de la comida mexicana casera.

La mujer frente a él lo miraba con una sonrisa que, a pesar de su bondad, no gustó en nada al Vaquero. No le agradaba ser examinado, interrogado, puesto que su trabajo era examinar e interrogar. Al fondo del pasillo que daba a las habitaciones, como una sombra en una tragedia shakesperiana, el niño pasó corriendo de una puerta a otra, en silencio. Entonces el Vaquero cayó en cuenta de que no se había presentado ante la mujer.

—Rogelio Rodriguez, mucho gusto señora…

—Ema —dijo la mujer—, háblame de tú.

—Cómo guste, señora.

—Ema.

—Ema.

—Dolores no tarda. ¿Te ofrezco algo?

—Traje esto —dijo el Vaquero, mostrando la botella de vino.

La mujer se colocó unas gafas con montura de acero que colgaban de su cuello en un lazo, examinó la botella y dijo:

—Claro.

—No sé mucho de vinos —dijo el Vaquero.

Un momento de silencio, es decir, pasó un ángel, y del otro lado del pasillo la sombra silenciosa del niño corriendo una vez más de una habitación a otra.

—Siéntate —dijo la mujer.

Su informalidad ponía en aprietos al Vaquero, pues, a pesar de ser un policía, un descreído y un cínico (tal vez no lo era tanto), y haber crecido en la ciudad de México, había sido educado de manera estricta por su madre y por su abuela, dos matronas chihuahuenses de la clase trabajadora del norte. Se acomodó en el sillón con los antebrazos en las rodillas, las manos entrelazadas en una posición que no podía ser más anormal para él.

—Dolores me ha hablado mucho de ti. Me dijo que salvaste al pobre niño Larreaga, aquí estábamos muy preocupadas por él. Me da mucho gusto que tú y mi hija sean amigos. ¿Y ahora en qué caso trabajas?

El Vaquero abrió la boca.

—Ya sé, no se puede hablar de esas cosas.

—Exactamente, señora.

—Ema.

—Sí, Ema.

Se escuchó el ruido del retrete en algún lado del departamento, la llave de un lavabo y el pestillo de una puerta que se abría.

—Mamá, deja de torturar a Rogelio.

Fue la frase que precedió a la visión que dejó mudo al Vaquero, puesto que Dolores se veía más hermosa que nunca, aunque era difícil saber por qué. Parecía que no se había arreglado especialmente para esa noche, pero sus mejillas y sus labios se veían con más color. Llevaba puestos unos jeans —nunca la había visto con jeans— y una playera color escarlata. Era el aspecto casual de Dolores, su traje de casa o de faena. Tenía el cabello humedecido acomodado detrás de los oídos y llevaba en la muñeca una pulsera de oro muy sencilla. Se paró junto a la barra de azulejos, se llevó una mano a la cintura y dijo.

—La cena está lista. ¡Beto!

El niño apareció detrás de ella de una manera cautelosa.

—¿Ya saludaste a Rogelio?

—Sí, ya —dijo el Vaquero, para ahorrarle un episodio penoso al niño y a él. Pero el primero cabeceó de un lado a otro con circunspección ante la mirada vigilante de su, ¿cómo decirlo?, increíblemente atractiva madre.

—¿Pues qué esperas?

El niño caminó hacia él como un pequeño mamífero no domesticado al que uno quiere engatusar en un parque con un trozo de comida chatarra aún en su envoltura de celofán.

—Hola —dijo el niño, y su pequeña mano desapareció entre los peludos y gruesos dedos del Vaquero.

—Rogelio trajo vino —dijo la abuela.

Dolores tomó la botella que le extendió su madre, miró la etiqueta y dijo, ensimismada:

—Claro.

La cena: chiles rellenos con una generosa guarnición de frijoles negros, arroz a la mexicana y ensalada. El menú resultó tener poco que ver con la botella de vino del Vaquero, la cual permaneció como un tótem, intocable, en medio de la mesa, sin abrir. Las mujeres no intentaron ocultar su predilección por la botella de plástico con dos litros de coca cola *light*. El niño tomaba jugo de guayaba directamente de una pequeña caja de la que sobresalía un popote arrugado.

—Se me olvidó preguntarte si te gustaban los chiles rellenos —dijo Dolores.

En su casa se comportaba de una manera totalmente distinta que en la oficina. Era la reina, y sin embargo, el Vaquero lo sabía, seguía siendo la secretaria del jefe.

—Me gustan mucho —dijo el Vaquero, después de masticar un bocado.

—Hay más —dijo la madre de Dolores—. Normalmente yo soy la que cocino, pero hoy Dolores insistió en cocinar, no sé por qué —agregó.

—Mamá…

—Sí —dijo Beto—, mi mamá nunca cocina.

—Beto…

—Creo que sí voy a comer otro —dijo el Vaquero, pues la conversación lo apenaba más a él.

—Se me olvidó ofrecerte un vaso de vino —dijo Dolores—, ni siquiera hemos abierto la botella.

—Si no te molesta —dijo el Vaquero—, creo que me voy a tomar un vaso de coca.

—No, claro que no —dijo Dolores, y le sirvió.

—Hay más —dijo la madre—, hace ya una semana que a Dolores le dio por eso de la coca cola de dieta.

—La coca de dieta da cáncer —dijo Beto—, me lo dijo mi papá.

—Bueno, un vaso de vez en cuando… —dijo Dolores.

Ante la insistencia de madre e hija, el Vaquero se comió tres chiles rellenos, y tres cucharones de frijoles negros, y comenzó a sentir una pesadez en el estómago.

—Hay más —dijo la madre.

—Gracias, señora.

—Ema.

—Gracias, Ema, creo que no debí comer tanto.

—También hay *Alka Seltzer*.

—Mi mamá me dijo que eres policía —dijo Beto.

—Sí, algo así.

—¿Tienes pistola?

—¡Beto!

—Sí, tengo pistola, pero las pistolas son cosas malas —dijo el Vaquero, y se sintió un poco falso con esa expresión: "cosas malas"; siempre le había parecido incorrecto que los adultos le hablaran a los niños como si fueran retrasados mentales. Pero a esas alturas la mitad de su corriente sanguínea utilizada para la actividad empática estaba ocupada en la digestión.

—¿Puedo verla? —dijo Beto.

—No la traigo —dijo el Vaquero.

—Creo que ya es hora de que te vayas a dormir —dijo Dolores.

—Lolita, ofrécele al Vaquero, digo, a Rogelio, un *Alka Seltzer,* se ve muy mal.

En verdad que el Vaquero creyó aquello de que se veía mal, pues no se sentía de otra forma.

—¿Me vas a contar un cuento, mamá?

—Esta vez te lo va a contar tu abuelita —dijo Dolores—, porque hoy vas a dormir con ella.

—¿Por qué?

La abuela quiso intervenir:

—Porque… —pero no pudo agregar nada.

Aquello estaba resultando mucho peor de lo que esperaba el Vaquero y pensó en despedirse, volver a la comodidad de su departamento de interés social alquilado, lejos de ese mundo salvaje habitado por mujeres resueltas. Se revolvió en el asiento, y la mano de Dolores le tocó la rodilla para tranquilizarlo.

—Porque tienes que obedecer —dijo Dolores.

—Yo… —intervino el Vaquero, pero la mano de Dolores presionó su rodilla y no acertó a decir nada más, y no es que hubiera pensado en decir algo realmente.

—Todo esto es muy raro —dijo el niño, con suspicacia.

—Es que el niño normalmente duerme conmigo —explicó a Dolores—, solo tenemos dos habitaciones.

—Ven, vamos a acostarnos —le dijo la abuela al niño, y lo tomó de la mano.

—Buenas noches, Rogelio.

—Buenas noches, señora.

—Ema, ni que la diferencia de edad fuera tanta —dijo esta, no sin cierta frialdad a la que el Vaquero no se atrevió a contestar.

—¿Cómo se dice? —le preguntó Dolores a su hijo.

—Buenas noches, señor —dijo el niño.

El niño rodeo la mesa hasta donde estaba el Vaquero y lo besó en la mejilla con una ternura que derritió la galvanizada capa de realismo a prueba de balas con la que el Vaquero había recubierto su sentimentalismo durante décadas. Vio a la abuela y al niño dirigirse al baño. El Vaquero no hallaba mucho que agregar a esa escena, pero algo parecido a un instinto familiar olvidado hace mucho tiempo lo conminó a decir:

—Es un buen muchacho —dijo.

—¿Seguro que no quieres un poco de vino?

—Creo que sí —dijo.

—Voy a levantar la mesa —dijo Dolores.

—Te ayudo.

—No, claro que no.

—Mi madre era feminista —mintió el Vaquero—, no puedo estar sin hacer nada.

La ayudó a llevar los trastes a la cocina y comenzó a tallar el plato que Dolores le arrebató.

—Deja ahí. Yo los lavo.

—Está bien, pero yo los seco.

—Okey, pero toma un poco de vino primero —y sirvió el contenido en dos vasos—, salud.

—Es peor de lo que pensaba —dijo el Vaquero.

Le extrañó darse cuenta de que estaba riendo. No había reído de esa forma desde hacía muchos años, sin que de por medio hubiera un chiste políticamente incorrecto o una broma macabra.

—Es peor que el que compramos en la Subdirección para las recepciones —dijo Dolores, y reía también.

Lavaron y secaron los trastes. Dolores pasó un trapo húmedo con limpiador por los bordes del fregador y el mueble de aglomerado que estaba a un lado y que se usaba para picar ingredientes.

—¿Te sientes mejor del estómago? Se me olvidó darte un *Alka Seltzer*.

Para entonces ya habían vaciado media botella de vino.

—Estoy perfectamente.

—¿Quieres sentarte en la sala?

Gracias a los dos vasos de vino, el Vaquero pudo volver a sentarse en el sillón con un poco más de naturalidad. Dolores comenzó a manipular un aparato frente a él, junto al televisor.

—¿Qué música te gusta? —preguntó dándole la espalda.

—Cualquier cosa —dijo el Vaquero.

—¿Te gusta ZZ Top?

—Me encanta ZZ Top, ¿cómo es que a alguien como tú le gusta eso?

—Ah, tengo muchas sorpresas.

Del aparato comenzó a brotar en un volumen bajo "Legs", de la emblemática banda de Houston, Texas. Dolores se sentó junto a él con las piernas cruzadas y se recargó en el asiento.

—Oye, me siento mal con el niño —comenzó a decir el Vaquero.

—Beto.

—Sí, me siento mal con Beto. Espero que mi presencia aquí y que él tenga que dormir con su abuela sean dos hechos completamente aislados.

Dolores río a mandíbula batiente.

—Me caes muy bien porque siempre me haces reír —dijo, como si fueran dos viejos camaradas de la preparatoria.

—Es en serio —dijo el Vaquero, con mucha seriedad.

—¿De verdad?

—No —dijo, y le sorprendió estar riendo otra vez de esa manera.

Podría acostumbrarse a reír de esa manera, a hacerla de payaso solo para Dolores, como hacía mucho tiempo no la hacía de payaso (no voluntariamente) para nadie. Dolores se acercó a él y lo besó. Comenzó a sonar "I'm a Rough Boy". El Vaquero cerró los ojos, e imaginó a los barbudos miembros de la banda texana hacerle una señal de: ¡Adelante, Vaquero! La música cesó, Dolores estaba de pie frente a él con el control del equipo de sonido y había algo en la resolución de su mirada que al Vaquero le dio miedo.

—Vamos a mi cuarto —dijo, y no podía ser nada más y nada menos que una orden.

—Sí —balbuceó, pero antes de levantarse se sirvió lo que quedaba de la botella de vino y lo apuró de un trago para darse valor.

12

LA VOLUNTAD DE LA TIERRA

Las oficinas se encontraban en la colonia Narvarte, en una bella casa con un fresco jardincito a la entrada, donde resaltaba el logotipo de la ONG, La voluntad de la Tierra: una mano iluminada y otra oscura (¿negra y blanca?) que rodeaban a un globo terráqueo, de donde surgía una estilizada flor. El nombre de la organización sonaba místico, o mejor aún, milenarista. ¿Qué otra cosa podría significar tal nombre? Una deidad pagana, tal vez, adorada entre solsticios y equinoccios; algo que hablaba de una regeneración sin fin en un ciclo fertilidad y muerte. La voluntad de la tierra, la Venus de Willendorf, la tiple diosa neolítica; Coatlicue con su collar de corazones y manos amputadas y su falda de serpientes.

Miguel Ruiz los estaba esperando. A pesar de su corta edad era un hombre guapo, de huesos finos y ojos claros, verdes. La misma incipiente calvicie de José Baruk, la misma elegante fisonomía. Rogelio Rodríguez se dio cuenta que desde su actitud hasta el olor de su colonia transmitían confianza, seguridad. Sus movimientos eran vigorosos y exactos al levantarse del escritorio y saludar con firmeza; unas leves arrugas comenzaban a asomar en su frente, producto probable de noches de insomnio con el ceño fruncido.

Todo en él denotaba compromiso, en una época diferente podría haber sido el que asestó la herida mortal a Julio César. Un hombre de ideales propios y de la aplicación irrestricta de esos ideales.

—Pasen, por favor. Estamos muy ocupados, tenemos que enviar unas firmas al secretario de agricultura, así que intentaré ser breve —dijo.

El ambiente general en La voluntad de la Tierra era de mucha excitación. Jóvenes variopintos iban y venían por todo el pequeño edificio, cargaban carpetas de un lado para otro, llamaban por teléfono, tecleaban en sus computadoras. Todos reproducían de una forma u otra la seriedad de su jefe. "Estos muchachos salvan un poco al mundo todos los días", pensó el Vaquero. Su eficacia era sorprendente y contrastaba con el ánimo fatalista pero fiestero que por lo general se respiraba en la Subdirección. El mundo era para los jóvenes, y Rogelio Rodríguez se sentía ya de salida.

—Logramos juntar veinte mil firmas para que revisen los estudios de suelo de la planta de Lorana, en Morelos. Mandamos a hacer estudios de dispersión de contaminantes con laboratorios privados y nos dieron resultados muy diferentes de los que Lorana argumenta en su informe. El suelo quedará estéril durante siglos. Por desgracia, nosotros no podemos revocar los permisos.

Miguel Ruiz comentaba todo esto a los investigadores sin que se lo hubieran preguntado. Estaba acostumbrado a concientizar a los demás en todo momento. Una conciencia despierta representa una pequeña victoria en la filosofía de "tú puedes marcar la diferencia". No te dejo entrar a una cafetería Starbucks, pero de una manera tan sutil que terminarás agradeciéndolo, como si hubieses salvado, con ese simple gesto, a un par de niños africanos que trabajan como esclavos en una plantación de café donde el kilo cosechado se compra a 60 centavos y se revende en 20 dólares.

—Lorana se ofreció a indemnizar las cosechas de los comuneros afectados. Pero no todo se trata de dinero. Tarde o temprano, si nuestros estudios de dispersión son correctos, los comuneros tendrán que retirarse del territorio. ¿Así que, qué han averiguado?

—Aún nada —contestó Vaquero extrañado por la pregunta repentina, como si Ruiz tuviera siempre el sartén por el mango—, por eso vinimos a hablar con usted, señor Ruiz.

—No me extraña. Pensé que incluso ya habían archivado el caso. ¿Pues que más necesitan para hacer su trabajo? Ya les dije, uno era alto y gordo y el otro era pequeño. Una pareja así de ridícula tiene que llamar la atención. Además, tienen los retratos hablados. El gigantesco lunar en la frente del gordo y el tatuaje de lágrima en la mejilla derecha del pequeño. Si es gente que se dedica a esto deben de estar fichados en algún lado. Yo mismo los boletiné a otras ONG.

—Creo que no le estamos entendiendo, señor Ruiz —dijo Natalia Payán.

—¿No son de la policía? —preguntó sorprendido el activista.

Su instinto nunca le fallaba a la hora de reconocer polizontes, tan comúnmente infiltrados en las manifestaciones y reuniones. Incluso a aquellos que llevaban años de incógnito y habían construido cierta reputación como activistas él podía olerlos a una cuadra de distancia y mantenerlos apartados. Había algo de cuadrado y a la vez de truculento en un policía, y Natalia Payán y Rogelio Rodríguez encajaban respectivamente con esa descripción.

—Subdirección de Materiales de Cómputo —contestó con ridícula solemnidad Natalia mientras enseñaba su credencial metalizada.

—Ya decía yo que eran polis… supongo que vienen a hablar de Pepe, ¿verdad?

—Así es —asintió Vaquero.

—Creo que les debo una explicación. Todo es un desastre por aquí, ustedes disculparán, lo de Lorana es inminente y estamos trabajando a marchas forzadas para detener esa planta. Hace seis o siete meses vinieron un par de hombres a intimidarme. Me quedé hasta tarde en la oficina. Había que terminar de llenar unos informes y enviar el boletín semanal de correo electrónico a nuestros asociados. Es prácticamente lo único que podemos entregarle a cambio de sus aportaciones económicas. En fin, estos dos tipos entraron sin anunciarse y comenzaron a destrozar el lugar. El pequeño me amenazó, ya se sabe, las cosas que dicen siempre: "no te metas en lo que no te importa", "vete con tus amigos los inditos", "para que aprendas a respetar, maricón". Cosas muy ofensivas, racistas y discriminatorias. No se puede pedir más de gente que cobra por hacer esa clase de cosas… aunque con el país como está, no los culpo, de algo se tiene que vivir. La falla, claro, está en la educación elemental. No se nos enseña a respetar nuestro entorno ni a convivir en sociedad, con valores incluyentes…

Aunque el Vaquero sentía una especie de simpatía natural por el activista, su bagaje de lugares comunes en el discurso lo hacía pesado como un plomo. Era probable que no tuviera muchos amigos, lo que hacía el asesinato de José Baruk aún más trágico, a pesar de las proporciones griegas que ya había alcanzado. Era extraño, Miguel Ruiz, el líder solitario, se parecía más a su enemigo Lorenzo Baruk que a su difunto amigo.

—Llevaba toda la tarde rellenando informes y este par de pelafustanes llegan y desordenan todo. Me dio un coraje espantoso ver los expedientes regados por el suelo. Así que me acerqué al más pequeño y le tumbé los dientes, pensaron que podían intimidarme así como así, los cretinos. Aún me siento culpable por eso, no soy en realidad un hombre de acciones violentas. Después corrí a activar la alarma antirrobos, eso asustó al más grande que salió corriendo llevándose a su amiguito sobre los hombros. La policía tardó dos horas en llegar, como siempre, es increíble. ¿Cuál es entonces la función del Estado si este no puede garantizar la seguridad de sus ciudadanos?

El Vaquero sonreía con el giro en la narración de Miguel Ruiz. Aunque el fanatismo del activista le asustaba un poco y le recordaba la falta de compromiso en la que él mismo vivía (ni siquiera separaba la basura). Imaginó la escena, los matones corrían despavoridos, creían que iban a encontrar a un pacífico activista indefenso y se habían encontrado con la fuerza de una causa; con la fuerza de la indignación.

—Por supuesto —seguía diciendo Ruiz—, es mi culpa: por un momento pensé que la policía iba darle seguimiento al caso. No puede ser que a mi edad continúe siendo tan ingenuo. Cuando vinieron a hacer el peritaje (finísimas personas), uno me pregunto sí yo era homosexual. Me sorprendió lo directo de su pregunta, generalmente tienen miedo hasta de decir la palabra. Ho-mo-sex-ual. Yo contesté que sí, pero también dije que estaba seguro de que el ataque se debió a la naturaleza de mi trabajo con comuneros y otros grupos ecologistas, pero para entonces ya ni siquiera estaba escuchando. El expediente ha de estar haciendo polvo en el cajón con el rotulo de "maricones" en el ministerio público. Esta ciudad puede ser muy de avanzada en materia legislativa, pero de la ley a su aplicación hay un abismo…

—Lo sentimos mucho, señor Ruiz. Habló de la naturaleza de su trabajo, ¿alguna idea de quién podría haber estado tras el ataque?

—Por supuesto, los insultos que profirieron eran muy claros. Fue Lorana. Desde hace un año que La Voluntad de la Tierra no hace otra cosa más que interponerse en sus planes. No diría que es una cruzada personal, pero mi antigua cercanía con la familia me hizo darme cuenta de la magnitud del problema. La manera de hacer negocios de Lorenzo Baruk no es precisamente ética… En este país nadie que se haya vuelto rico lo ha hecho respetando las leyes. Pero Pepe nos apoyaba.

—Cuénteme de su relación con Pepe. ¿Cómo era? —preguntó el Vaquero.

—No sé qué les ha contado la familia. Yo solo puedo hablar desde mi experiencia personal. Por supuesto que José era muy bueno, una persona excelente. Nos conocimos en la preparatoria, cuando íbamos juntos en el equipo de básquetbol de la escuela. Era un muchacho bellísimo, y cuando éramos jóvenes me dejaba sin respiración. Lo veía embobado correr por la cancha del colegio español, con los brazos blancos y desnudos, lleno de sudor y agresividad. Así es la adolescencia: toda la belleza intoxica, subyuga. Y yo no comía, no prestaba atención en las clases, estaba enamorado por completo. Podría haber brincado de un edificio si él me lo hubiera pedido. Pero a José no le interesaba, claro. Sin embargo, logramos ser excelentes amigos y yo me curé con el tiempo de ese enamoramiento primerizo. Él se sentía cómodo cuando estaba conmigo y no le gustaba estar con otras personas. Decía que su padre le deprimía y que su abuelo lo presionaba demasiado. Entonces el mundo era muy inocente y muy nuevo todavía, nunca imaginamos que el destino nos enfrentaría con su abuelo. Fuimos creciendo, estudié derecho, me especialicé en Derechos Humanos y ambientalistas, tiempo después fundé está organización. Mi familia no tenía tanto dinero como la de Pepe. La universidad la cursé con una beca que todavía estoy pagando. Tal vez eso me hizo darme cuenta más pronto que él de lo mal que están las cosas allá afuera: la injusticia, la corrupción en este país, sin la cual no gira ningún engranaje. Sin embargo, pese a su clase social, recapacitó a tiempo.

—¿Cómo dice?

—Yo lo presionaba. Ahora me siento culpable, pero, ¿quién iba a pensar que las cosas terminarían así? Le decía que era un hombre privilegiado, lo cual era cierto, y que debía devolver algo a la sociedad. No todos nacemos en una cuna de oro como él. Al principio parecía renuente a comprometerse, pero con el tiempo me fue dando la razón. Venía aquí, platicábamos, discutíamos hasta altas horas de la noche. Él era un teórico ingenuo y yo quería que saliera al mundo y contemplara la destrucción inminente de nuestro patrimonio. Aquí fue donde conoció a Elisa y cuando ella se embarazó, Pepe comenzó a interesarse en la causa de verdad. Tal vez le preocupaba el país corrupto y el desinterés de la mayoría; el mundo que iba a dejar a su descendencia. Donaba mucho dinero a La voluntad de la Tierra, porque soy su amigo, pero también a otras organizaciones. Daba gusto verlo por fin comprometido en algo. Lo que yo pensé en algún momento que era indiferencia, solo era una capa que lo protegía de los horrores del mundo, como la del príncipe Siddartha en la leyenda. A Pepe Baruk sí le importaba lo que hacíamos, aprendía todo lo que le decíamos, comentaba, tenía ideas excelentes para hacernos propaganda entre los millonarios. Alguna vez me acompañó a Morelos, se veía preocupado de verdad por lo que la planta de su abuelo podía hacerle a esa pequeña comunidad. La gente, ni qué decir, lo adoraba.

—¿Supo si tenía problemas familiares a causa de sus actividades juntos? —preguntó Natalia, incisiva.

—Pepe no quería a su familia. Un día me llamaron por teléfono para amenazarme de muerte, poco después del incidente con los dos inútiles que les acabo de referir. Se lo comenté a José y se puso furioso. Dijo que iba a hablar con su abuelo seriamente, pero estoy seguro que no dijo nada. Le tenía un miedo inmenso al viejo; un miedo que luchaba con la admiración y a la vez la decepción de ver lo poco que le importaban los comuneros de Morelos y las consecuencias de los actos de su compañía. La noche en que murió habíamos quedado en mi oficina para ir a cenar. Quería, según él, tomar medidas drásticas contra Lorana, un golpe de timón en toda la campaña. Pero José ni siquiera se presentó…

Alguien pegado a un teléfono gritó de pronto: "¡Lo logramos, tenemos una cita con el vice asistente del jefe de departamento de convenios con organizaciones de productores!" El resto de los muchachos idealistas prorrumpieron en vítores. La mirada de Ruiz se encendió de nuevo, momentos antes apagada por la pena.

—Tendrán que disculparme, necesito encargarme personalmente de esto. Si bien es seguro que el funcionario nos ignore, tenemos que agotar todas las instancias posibles. Si nosotros no hacemos las cosas legalmente, ¿quién más lo haría? ¿Los políticos? ¿Los empresarios? Pueden quedarse el tiempo que gusten.

Ruiz se sumergió en una bulliciosa nube de activistas, bastante más ingenuos que su líder. Le correspondía al tiempo y la realidad el quebrantar sus espíritus, una decepción tras otra, forjándoles, sobre el yunque de un país corrupto, una personalidad a la vez cínica y comprometida.

—Todo esto está peor de lo que pensaba, Natalia —dijo el Vaquero mientras se alejaban en el automóvil. El rostro entre la multitud era ahora una máscara con una permanente mueca de dolor y desdicha.

—Yo sigo sin verle pies ni cabeza, Vaquero. Tenemos una persona a la que todos querían, que era bueno en todo lo que hacía, que no tenía problemas con nadie.

—¿Si era tan bueno en todo, por qué no hacía nada?

—¿De qué hablas, Vaquero? Solo sé que nadie mataría a José Baruk con premeditación.

—Necesito que vayas a la oficina y me esperes ahí. Tengo que buscar a un conocido y confirmar una corazonada. Parece que después de todo sí podemos resolver este caso, pero no creo que vaya a gustarnos el resultado.

La muerte de José Baruk ya no le obsesionaba, el crucigrama estaba a punto de cerrarse. Lo que aún no podía comprender era la efigie del difunto. Su figura parecía ensancharse hasta abarcar el cosmos: una figura cambiante, retorcida, diferente desde cada ángulo desde el cual era vista, pero que al ser vislumbrada parecía contener en sí la perfección. ¿Quién, o más bien qué era Pepe Baruk?

Marcó en su teléfono celular un número que sabía de memoria:

—¿Suárez?

—...

—Me debes un favor.

13

EL ÚLTIMO DE LOS MOHICANOS

—Vaquero.

Era un hombre alto y bien alimentado, fornido, el que estaba sentado al otro lado de la mesa, frente a los restos de lo que había sido una muy buena comida pedida a un restaurante cercano y costoso, una cajetilla de Camel azules y una lata de Coca Cola junto a un vaso con restos de hielo.

La habitación estaba en penumbra, pero al otro lado de los ventanales que daban al jardín, y de las gruesas cortinas amarillas, llegaba el canto de muchos pájaros, y si uno era avisado en aquello de escuchar, bajo esa aparente calma, estaba el estruendo de una gran avenida, tal vez el viaducto Miguel Alemán, o el paseo de la Reforma.

—Sabía que en algún momento vendrías a verme.

El Vaquero no contestó.

—¿Cómo has estado? —dijo tratando de sonar de una forma neutra, aunque, algo dentro de él estaba dispuesto a vibrar, como un instrumento, en concordancia con las notas al otro lado de la mesa— ¿Estás cómodo aquí?

—Sí, la comida es buena. No me puedo quejar —dijo el hombre.

Sonreía, a sus anchas, tal y como había aparecido en la fotografía del periódico, tres meses atrás, rodeado de azules y siniestros encapuchados hombres de la Policía Federal, con fusiles de asalto, como los secuaces de una organización secreta de las que salían en las películas de James Bond.

—¿Cómo sabías que iba a venir?

—Leo los periódicos. ¿Hace cuánto que no nos vemos?

El Vaquero hizo cuentas.

—No sé, unos diez, ¿quince años?

—Sí, más o menos.

—Qué buena borrachera nos pusimos esa noche. ¿Cómo está Violeta?

—Nos divorciamos. ¿No sabías?

—Lo sé, solo te estoy chingando. ¿Cómo me encontraste?

—Suárez. Me debe un favor.

—Es lo que temo. Suárez le debe muchos favores a mucha gente. Suerte que a mí me debe más. Escuché por ahí que ahora eres el súper policía del momento, pero que nadie sabe quién eres, que no tienes ni siquiera una placa que alguien pueda tomarse en serio. ¿Materiales de cómputo? No mames. También sé que sigues viviendo en Plateros y te deben dos meses de pago; que estás boletinado en el buró de crédito; que Violeta tiene ahora una subdirección en la Contraloría; que sigues debiendo las pinches dos putas materias de la carrera.

—Estadística, y la otra, no recuerdo. Sí, algo así.

—¿Y qué te pareció mi novia?

—¿Tania? La imaginaba más alta. Y bueno, tú sí que lo lograste —dijo el Vaquero—, de Aragón a Las Lomas, como querías, solo que —agregó, moviendo los hombros—, en estas circunstancias.

—Ya son más diez años de trabajo, Vaquero, y lo que quiero es retirarme dignamente. Es como mi afore. En cambio tú trabajarás otros veinte, si bien te va, y terminarás vendiendo películas pirata de arte afuera de la Cineteca, porque el pinche gobierno ni siquiera te va a dar una pensión. ¿O qué tal un puesto en el tianguis de la prepa ocho vendiendo tenis Nike pirata? Eso, por supuesto, es menos digno que morir baleado al salir del Vips, donde solo te alcanzó para pedir una sopa y un café. Pinche Serpico región cuatro.

El Vaquero se rió, realmente le daba mucha risa escuchar todo eso, en parte porque tenía razón y en parte porque… ¿no era algo cómico? En las películas gringas el policía honesto estaba en peligro por su convicciones, y porque no temía a nada, y siempre había una chica guapa y flaca, medio neurasténica, de por medio. Pero en su caso, su honestidad era más un asunto de cobardía que de convicciones. Y, pensándolo bien, su honestidad, que no era a prueba de balas, era más bien, para más inri, producto de su falta general de cualquier tipo de ambición. Recordó cuando fue obligado, como todos en la Subdirección, a ir a un examen psiquiátrico y el doctor le recetó las pastillas que debía tomar cada mañana; le dijo que estaba mal desde que se había separado de Violeta. Recordó la farmacia de genéricos en Revolución donde fue a comprar las pastillas con el papelito arrugado de la receta (no le alcanzaba para comprar el tratamiento de marca) y cómo, después de salir de ahí, tiró la pequeña botella de plástico en un bote de basura. "A la chingada", se dijo.

—He estado deprimido —dijo el Vaquero.

Sonó un teléfono celular. El hombre al otro lado de la mesa se levantó y sacó un celular del bolsillo de sus casuales, elegantes e impolutos pantalones claros.

—No —dijo—, dile que tiene veinticuatro horas. Ya sabes.

Colgó.

—Lamento que hayas estado deprimido, en realidad nunca me caíste mal.

—Lo sé —dijo el Vaquero—, al menos pago mis impuestos al gobierno, feliz de que te pongan casa y oficina —agregó, señalando el teléfono celular, pero era una broma que no le dio gracia a nadie, y en respuesta solo se escuchó el ruido de los pájaros en el jardín, al otro lado de las cortinas amarillas, sobre el ruido blanco de una avenida concurrida, tal vez Reforma o viaducto Miguel Alemán. Le hubiera gustado estar en otra parte, con Dolores, tal vez en ese restaurante caro de la segunda sección de Chapultepec con vista al lago donde una vez fue a comer con Violeta para celebrar que le aumentaron el sueldo, muchos años antes, recordaba.

—Siempre fuiste un oxímoron, Vaquero.

—¿Un qué?

—Oxímoron, es una figura retorica compuesta por dos partes que se contradicen. Se usa en poesía. ¿Ya no lees poesía?

—No.

—Yo tampoco. Eres un oxímoron porque a pesar de que eres un tipo inteligente, eres muy ingenuo. Y siempre andas navegando con la bandera de "yo soy el hombre de a pie" —lo remedó, con un gesto muy femenino, que le hizo gracia al Vaquero, porque desfiguraba totalmente ese rostro afeitado de matón bien alimentado—, pero no eres más que un pinche pendejo con una opinión demasiada alta sobre ti mismo. No te rías. Pero en fin, ya, solo te doy carrilla por los buenos tiempos. Ya todo está perdonado desde hace mucho. Pasemos al asunto.

—Gracias —dijo el Vaquero.

—¿Y qué te cuenta mi socio?

—¿Socio?

—Baruk.

—Cuál Baruk.

—El Baruk viejo.

—Ah.

—¿Te sorprende?

—No, qué me va a sorprender. Dices que soy ingenuo pero tengo muchos años viendo el mierdero; más o menos desde que te conocí. Y sabes muy bien por qué estoy aquí.

—Pues sí, yo soy uno de los socios de la nueva planta de tratamiento. Bueno, esto queda entre nos.

—¿No hay micrófonos?

—Este lugar está más limpio que el culo de un bebé recién bañado y cubierto de talco. Bastante dinero me cuesta. Los inversionistas españoles son mis prestanombres. Quién iba a querer invertir en un negocio tan turbio: sobornos, licencias, desaparecidos…

—¿Baruk lo sabe?

—No —se rió—, es una broma mía y de Tania.

—¿Tú te encargaste de los activistas desaparecidos? —preguntó el Vaquero.

—No, yo soy un hombre de honor. ¿Te crees que soy como cualquier político de mierda o empresario?

—Para mí todos ustedes son lo mismo.

—Si resulta que Suárez le debe más favores a otra persona que a mí, y alguien entra en ese momento por esa puerta, Vaquero, y yo dejo de existir, significa que a este país ya se lo cargó el payaso. Yo soy el último de los mohicanos. No mujeres, no niños, no civiles, y por supuesto, no activistas. Los activistas me caen bien. Acuérdate de nuestros tiempos, cuando tenías pelo, cuando eras talla 29, cuando la huelga. A mí hay cosas que no se me olvidan.

—Me vas a hacer llorar. ¿Y cómo te involucraste en lo de la planta?

—Pues era una broma, como ya te dije. Un día vino el viejo a verme. Tuvo huevos, hay que reconocerlo. Yo estaba en mi oficina, en Reforma. Vino sin guardaespaldas, sin previa cita, y se presentó ante mí. Qué huevos los del viejito. Como dijo Bora Milutinović: "yo respeto" —se llevó una mano al pecho y remedó al legendario yugoslavo, técnico de la selección mexicana: un chiste tan viejo que el Vaquero ya no recordaba y no le hizo gracia—. Fue un encuentro penoso para los dos. "Vengo a hablar de mi hija", me dijo. "Siéntese", le dije. "¿Quiere un café?" No quiso nada. Me ofreció dinero para que ya no viera a su hija, como si el viejo pendejo ese pudiera comprarme. Se lo dije. "Me he informado bien sobre usted", me dijo. "Sé qué clase de persona es usted. Usted se pasea en su BMW por Interlomas vestido como proxeneta de la mano de mi hija, como si esta fuera un trofeo para legitimarse ante los demás, pero yo no me rompí la espalda durante toda mi vida para que usted ahora se adorne con lo que a mí me costó trabajo y a usted nada. Me encabroné y me puse a gritarle. "Escuche, viejo pendejo", le dije. "¿Quién se cree que es usted para venir aquí?" Pretender que yo salía con Tania por dinero, o por prestigio. "Mejores pinches viejas que su pendeja hija me he cogido", le grité, a la cara, pero el viejo apenas se movió. Mis guardaespaldas entraron a la oficina. "¿Usted sabe lo que yo puedo hacerle?", le dije. "¿Sabe?" "A mí el señor me protege", me dijo. Pinches huevos de ese güey, lo hubieras visto, Vaquero. Lo que es tener un Dios, y mejor aún, lo que es tener a un presidente y a un gobernador que será presidente, y los millones que él tiene. Quería sacar la pistola en ese momento y descargarle un tiro en medio de la frente, pero antes hacerlo abjurar de su Dios a vergazos, pero algo en la dignidad del viejo me lo impidió. Se levantó con los puños apretados, miró a mis guardaespaldas y luego me dijo: "Queda advertido, granuja" ¿Granuja? ¿Quién usa granuja?, solo un pinche viejito dice esas palabras. "¿Qué me va hacer?", le dije. "Llamaré a la policía", me dijo. Y yo no tuve otro remedio que reírme. El viejo dio la vuelta y se fue.

El hombre al otro lado de la mesa estaba un poco alterado después de contar esto. "El síndrome de Aragón", pensó el Vaquero, así era como lo llamaba. Vaya que le calaba ser ninguneado por un hombre respetable, de los más ricos y poderosos del país, un hombre legal, porque era ninguneado por todo aquello que Baruk representaba, su prestigio social. Desde el más pequeño empresario, al más pequeño intelectualillo y periodista, pero sobre todo los politicastros que terminaban de diputados de izquierda, hasta alimañas como el hombre al otro lado de la mesa, el síndrome de Aragón (Arabronx, como se le decía de cariño) no respetaba sexo ni edad. Y más allá de Aragón estaba Neza, Iztapalapa, el país entero: un ejército de rastignacs bien, o medio educados, cuya única religión era, no solo el dinero, si no la posición social y política. Inundaban los cafés y restaurantes de Polanco, Anzures, Condesa, Roma, Del Valle, etcétera, hacían cola en el Fisher's para comer mariscos malos, algunos con más altos vuelos que otros, y pretendían dejar atrás una infancia feliz y digna, con protectoras madres honestas, los bailes de la secundaria, los primeros besos, la música del sonido Cóndor, trabajar durante días para comprarse unos tenis Nike en la Morelos, y ropa deportiva de marca, los eternos viajes de dos horas en metro y camiones desde Aragón o el Estado hasta un trabajo mal pagado en la ciudad de México, vestidos de oficinistas, con trajes de Men's Factory de pague dos y llévese tres; dejar atrás eso, tener prestigio social, vivir en un lugar céntrico, tener un perro con pedigree y con chip integrado. Ser alguien. ¿Quién podía culparlos? El mismo Vaquero había tenido que pagar su cuota de piso del síndrome de Aragón (a donde había llegado a vivir, de niño, desde Chihuahua, de la mano de su madre y su abuela), cuando soñaba con un buen puesto, un auto nuevo, aunque fuera uno compacto, ser reconocido, ir a librerías y a buenas cantinas, dejarle propina al valet parking.

—Se lo conté a Tania, ella no estaba tan molesta como yo hubiera querido. Se ríe, siempre se ríe de su padre. En su risa hay siempre algo de miedo, lo sé. Sin embargo, ella me conoce; conoce mis ataques de ira, aunque nunca la he tocado. Sabe que necesito desahogarme. Entonces me dijo: "Por qué no te vengas de él, si tanto te molesta". "Es tu padre", le dije. "No me refiero a eso", me dijo. "No quiero saber nada de… tus asuntos". "No entiendo nada", dije. "Te voy a decir qué haría yo", me dijo. Y así fue como nació la idea.

—Fascinante —dijo el Vaquero, para sí, con un tono de ironía que el hombre frente a él no captó.

—No sé si sea fascinante —dijo—. La idea es embaucar al viejo en esa planta y en unos meses iré a verlo y le diré que está metido en negocios de los más sucios. Le diré cómo se pagó la mitad de su planta. Y entonces lo voy a tener aquí. Y no sé, tal vez sacar a la luz la empresa fantasma que aportó el capital. Imagínate al viejito en un escándalo de lavado de dinero. Capaz que su salud ni lo resiste.

El Vaquero no pudo reprimir una sonrisa. El síndrome de Aragón no solo era un mal nacional sino que hacía perder el piso a las personas más inteligentes.

—¿De qué te ríes?

—Me río porque eres un oxímorón.

—Oxímoron. Con acento en la "i".

—Como sea. Eres un tipo listo muy pendejo. Según tú quieres ensuciar a Baruk, pero tú mejor que nadie sabes que en este país no hay empresario limpio, aunque salga en la lista de Forbes. Pinche Michael Corleone región cuatro. El rostro del hombre al otro lado de la mesa recobró la calma habitual de cuando comenzó la entrevista. Trataba de dominarse, mostrarse igual de cínico, pero lo que ocurría bajo todo ese esfuerzo de musculatura facial era evidente.

—Pinche Vaquero —dijo finalmente.

—Gracias por contarme todas estas cosas —dijo este—, pero, como bien sabes, no vine a hablar de tus complejos, ni de mi plan de retiro, ni de cine de arte.

El hombre rió. Algo se había liberado dentro de él, de una manera momentánea.

—Es como antes —dijo—, y al menos ya no te crees tanto. Ya eres un poco más humilde.

—Qué quieres —dijo el Vaquero—, los putazos.

Sí, él también tenía que relajarse, no importaba quién era realmente el hombre al otro lado de la mesa (en lo que se había convertido); alguna vez fueron amigos, alguna vez hicieron juntos ese viaje de dos horas en el metro y camiones, por calles peligrosas, llenas de delincuentes, desde Periférico sur hasta Aragón, cuando trabajaban juntos en la Procuraduría. Una vez, recordó, le prestó dinero para que invitara a una chica a salir, y hablaban de libros y todas esas pendejadas que hacen los jóvenes que quieren salir de Arabronx, unos a Plateros, a un departamento alquilado, y a un sueldo de mierda, y otros a una casa de resguardo en Lomas de Chapultepec después de haber tenido todo ese poder sobre miles de adictos en un ciudad corrompida por todas partes, en la que la gente tenía que seguir viajando durante horas de ida y regreso para servir a los privilegiados del centro: cantineros, meseros, recepcionistas, valet parkings, secretarias, policías, dependientes, prostitutas, proxenetas, lavacoches, taqueros, barrenderos…

—Bueno, ya sabes que vine a hablar del sobrino de Tania.

El rostro del hombre al otro lado de la mesa mostró aflicción detrás de su máscara muscular.

—Es una pena —dijo.

—¿Lo conocías?

—Claro, pasó varios fines de semana en mi condominio de Puerto Vallarta conmigo y con Tania.

—Me imaginé.

—¿Qué te puedo decir? Me daba pena ese muchacho. Tan buena gente, con esa tía y esos padres y el hijo de puta de su abuelo.

—Miguel Ruiz me dijo que recibió una visita. ¿Fue de tu parte?

—Como decimos en el negocio: estaba calentando mucho la plaza. Pero como ya te dije, con los activistas, yo como Bora; además no era para tanto. Por eso fue suficiente mandarle un mensaje. Aunque todo salió mal…

El Vaquero conocía tan bien a su antiguo amigo que sabía que no estaba mintiendo, y fue cuando comenzó a tener sentido ese caos de personajes que había sido hasta entonces el caso. Es decir, todo comenzó a tomar forma, pero faltaba la pieza principal.

—Amigo —dijo el hombre sentado frente a él.

El Vaquero vio con estupor que su interlocutor estaba llorando. Sí, el hombre de la gran máscara muscular, de los pantalones casuales y camisa de polo, estaba llorando en un rictus más bien cómico; no, más bien, muy desagradable. El Vaquero sintió pena por él, por el mundo, por él mismo, porque había una lógica que se le escapaba.

—Vaquero, amigo, yo sé quién fue el autor material. Lo sé desde hace meses.

—¿Cómo?

—Sabía que ibas a venir —dijo.

Le alargo un pedazo de papel doblado, por encima de la mesa, y comenzó a tragarse los mocos.

—Toda esa familia me trató con altanería, incluyendo a Tania. Hasta cuando estábamos en la cama. Ella solo me decía, "házmelo así y asá". Ella y sus pinches amigos intelectuales de mierda, homosexuales. Una bola de imbéciles arrogantes, pero el muchacho… para el muchacho yo era como cualquier otra persona. Pasamos mucho tiempo juntos, me escuchaba, le hablaba de mi vida, y él siempre escuchaba, de una manera muy atenta. Él era un como un…

—Príncipe… —dijo el Vaquero, extenuado.

—Un príncipe…

Le hubiera gustado abrazar al hombre al otro lado de la mesa, darle una palmada en la espalda, consolarlo, pero ¿a él, al Vaquero? ¿Quién lo consolaría a él? Comenzó a sentir una especie de nausea.

—¿Cómo sabes quién es el autor material?

—Por el estilo, Vaquero. Es un buen elemento, algunas veces lo he contratado, trabaja por su cuenta. No me cayó en cuenta quién había sido hasta tiempo después de que me arraigaron. Desde entonces he tenido mucho tiempo para pensar, porque hay veces en que no he podido dejar de pensar en eso. Luego todo estaba muy claro, el estilo, tan discreto.

—¿Quién pudo haber ordenado ese asesinato?

—Es lo que no sé. ¿Quién pudo haber asesinado a alguien así? Él era…

—Sí, sí —dijo el Vaquero impaciente—. ¿Por qué no dijiste nada a la policía?

—Tú eres la policía.

—Yo soy de Materiales de Cómputo.

—Estaba esperando a salir de aquí porque quiero averiguarlo yo mismo, quiero tener a ese hijo de puta en mis manos.

—Pudiste haber mandado a alguien.

—No, no entiendes. Dije en mis manos. Pero esto se está alargando, ahora me lo quieren imputar a mí, entre otras cosas. No importa, estoy limpio. No sé cuándo vaya a salir. Luego me dijo Suárez que estabas en el caso, y pensé que vendrías a verme, y ya no puedo esperar.

Poco a poco, el hombre al otro lado de la mesa comenzó a volver a ser él mismo. El teléfono volvió a sonar. La máscara ya estaba de nuevo en su sitio.

—Sí —contestó—, bien.

Y colgó.

—¿Te dejarán salir? —preguntó el Vaquero.

—Claro, me dejarán salir —sonrió, y el Vaquero se sentía más a su anchas al tratar con un matón, ex policía, ex amigo, que con un hombre que llora la pérdida de un personaje cada vez más difuminado por la propia estela que había dejado en su muy breve paso por la vida—. Y no solo eso, entraré al programa de protección de testigos —ya era otra vez todo lo que el Vaquero odiaba—. Cada vez que pidas tu sopa y tu café en el Vips, Vaquero, fíjate en el IVA que te cobran, con eso el señor presidente me va a becar en el programa de protección de testigos. Me pondrá un guardaespaldas, y andaré libre por ahí, incluso van a pagar la colegiatura de mi hijo en la Ibero.

—Lo sé. Es deprimente.

—¿Cuando la huelga, recuerdas? Creíamos que había que destruir el sistema; que no valía para vergas.

—Ya no lo creo.

—Yo lo sigo creyendo.

—¿Entonces?

—No sé.

14

EL ASESINO

Un Camaro SS 1967 color negro, de franjas blancas sobre el cofre, está estacionado sobre una avenida. El conductor es un hombre que pasa de los sesenta años, de cabello canoso, cortado a cepillo, y camisa a cuadros de mangas bien planchadas. El chaleco verde oliva oculta una Browning 9 milímetros. Todo en él delata a un militar retirado, posiblemente con rango de capitán. En el asiento del copiloto hay un hombre más o menos gordo, también de camisa a cuadros, bigote, y lentes de aviador, que revisa la recámara de su .38 modelo especial.

Frente a ellos está uno de los tianguis más grandes del oriente de la ciudad de México. Visto desde arriba, hay un kilómetro de carpas de plástico de diferentes colores —rosa, azul, blanco— amontonadas alrededor de una hilera de torres de alto voltaje que se pierden hasta el oriente. A sus pies las carpas son como los techos de paja de una aldea medieval que crecen como hongos junto al inexpugnable castillo del señor, y de las cuales emana un olor persistente a aceite vegetal reciclado, maíz frito, manteca de cerdo, etcétera.

Cada carpa es un puesto donde pueden encontrarse sin ton ni son los más variados productos: ropa de marca original, o bien, pirata, o bien robada; zapatos y tenis, originales y piratas; la ropa usada norteamericana que se compra por toneladas, y que visten los mexicanos pobres; camisetas de tema futbolero entre las que destaca aquella con la leyenda de "San Juditas, que gane el Cruz Azul"; utensilios de limpieza y de cocina, abarrotes; animales domésticos y exóticos; ropa y collares para perros; grandes tiras de chicharrón y de carne de cerdo; pescados y mariscos; toda clase de hortalizas y frutas; un oferta culinaria bastante amplia: barbacoa, para comer ahí, en mesas cubiertas con grasosos manteles y bancos de plástico; quesadillas, pozole, tacos, tlacoyos, flautas, tortas ahogadas; jugos y licuados de fruta; hay hombres que se pasean en carritos de supermercado vendiendo cervezas familiares preparadas con limón y chile en vasos de unicel de un litro (de esos que tardan hasta mil años en degradarse, habría dicho Miguel Ruiz); productos cosméticos y para el cuidado de la piel; baratijas chinas, artículos de colección, juguetes, electrodomésticos, libros, antigüedades, refacciones para automóviles; toda clase de plantas de ornato y ramos de flores; artículos religiosos y de santería: estatuas tamaño natural de San Judas y la Santa Muerte y la Virgen de Guadalupe; discos de música pirata y también películas pornográficas que prometen las más variadas parafilias, o las infantiles que aún no se estrenan en los cines del país, y que nunca se estrenarán, muchas de ellas filmadas en un cine de Malasia con un teléfono celular, también pirata; películas que ni siquiera se han filmado, o que aún flotan, nebulosas, en el inconsciente de algún drogadicto productor de Hollywood que duerme la siesta frente a una alberca. Haría falta un nuevo Homero con diez lenguas, diez bocas, voz infatigable y pecho de bronce para enumerar la muchedumbre variopinta que asiste a estos tianguis para vender y comprar algo, y la clase de productos que intercambian; o bien, ya de perdida, un nuevo Bernal Díaz del Castillo para decir: "Solamente el rumor y zumbido de las voces y palabras que allí había sonaba más que de una legua".

—¿Y bien, qué estamos esperando? —dijo el conductor del Camaro SS.

—Estamos esperando a Natalia, mi compañera. Debe de estar atorada en el tráfico.

—¿Y para qué necesitamos a una mujer?

—Bueno, si hace falta correr detrás de un asesino por ese laberinto, ella es la indicada.

Un par de horas antes, al salir de las Lomas de Chapultepec, el Vaquero se detuvo frente a un teléfono público en Reforma, para llamar al jefe.

—Subdirección de Materiales de Computo —era la voz de Dolores, un poco amodorrada.

¿Qué decirle? ¿La pase bien anoche? No, era demasiado impersonal. ¿Dolores, te quiero? No, era demasiado cursi, demasiado infantil. ¿Cásate conmigo, ya no quiero estar solo? "Debería de haber un manual para estas cosas", se dijo. Y opto por escudarse detrás de un tono profesional que, por lo visto, ofendió lo suficiente a su interlocutora, pues su voz se volvió fría y por lo tanto inquietante; demasiado inquietante para un hombre con las inseguridades del Vaquero, producto de una educación tradicional chihuahuense, siglos de colonialismo español, y miles de años más de civilización patriarcal y dioses fálicos.

—Hola, Dolores, habla Rodríguez.

—Sí, dime.

—Quiero hablar con el jefe.

—Está en una reunión.

—Es urgente.

—Lo siento.

—He resuelto el caso. Necesito dos agentes.

Hubo un momento de silencio. Una fracción de segundo que con el ruido de fondo de Reforma, y el sol pegándole directamente a los ojos, y la resaca del peor vino tinto que el servicio público puede pagar, resulto tener para el Vaquero la duración de un eón.

—Espera.

Y en el teléfono sonó el tema de El Golpe, la película con Robert Redford y Paul Newman que ya nadie recordaba, pero cuyo tema se había quedado, como un fantasma, en todas las notas de espera de los intercomunicadores del mundo civilizado.

—¿Vaquero?

—Jefe, necesito un par de agentes. Creo que ya encontré al autor material.

—¿No fue secuestro?

—No.

—¿Ni suicidio?

—No.

—Hmm —el hombre del otro lado de la línea sonaba algo decepcionado.

—Jefe, no tenemos mucho tiempo.

—Sí, perdona.

—Necesito dos agentes.

—Todos están fuera, Vaquero.

—¿Qué?

—Que todos están afue…

—Era una pregunta retórica, jefe.

—Bueno, no te pongas así. Los dos últimos hombres que quedaban los mande a asistir a Ledezma, tuvo un contratiempo. Estaba en peligro.

La llamada se cortó, y se quedó ahí en Reforma sin saber qué hacer. Fue entonces cuando recordó la tarjeta que llevaba en la cartera con la leyenda: "Rodrigo Almazán. Logística y consultoría en seguridad". Pero antes telefoneó a su compañera, Natalia Payán.

—¿Tardará mucho en llegar tu compañera? —dijo Rodrigo Almazán, el hombre sentado frente al volante de un despampanante Camaro SS 1967.

—Espero que no.

El Vaquero salió de su ensoñación. Su mente se encontraba, hasta hacía un momento, perdida en el recuerdo dorado de los muslos de Dolores; el cuarto semi iluminado en la noche y sus brazos resplandecientes y suaves, como irradiando una luz propia. En la cicatriz de la cesárea que esta ostentaba como una gloriosa herida de guerra, y en la extraña conversación que había tenido con Beto, mientras ambos desayunaban serial de la marca Lucky Charms.

—¿Dormiste con mi mamá?

—Ejem.

—Beto, se te hace tarde para la escuela —había intervenido Ema.

La pasmosa naturalidad con la que Ema lo había saludado por la mañana, como si fueran parientes de años, le había parecido simplemente aterradora. No, en eso no quería pensar.

—Espero que ese hijo de puta no se nos vaya —dijo Almazán.

El Vaquero miró su reloj, intimidado por la multitud de comerciantes y compradores que tenía frente a él. Necesitaba del profesionalismo y la sabiduría de matrona norteña de Natalia para internarse en esa jungla de plástico, fritangas y carne humana.

—¿Qué emoción, verdad? Esto parece una novela de detectives —dijo Almazán.

—¿Cómo?

—Sí, usted sabe, agazapados en las sombras a bordo del automóvil, esperando a que en cualquier momento surja el criminal para atraparlo. ¿No le gustan las novelas policiacas?

—Bueno, he leído algunas de Francisco Tepez hijo. Es muy popular —contestó el Vaquero.

—¿Tepez hijo? No, por Dios, esas no son buenas novelas.

—Solo he leído un par —dijo el Vaquero, y mentía.

Le gustaban mucho las novelas de Tepez, la serie de Valentón Gardea, el detective fracasado que busca justicia por su propia mano en el caótico y corrupto México de los años setenta. Le gustaban porque se leían fácilmente y podía llevárselas al baño, y el Vaquero, un añejo universitario de una época convulsa, creía que debía leer por lo menos cuatro o cinco libros al año. Además secretamente, incluso para él mismo, admiraba a Tepez hijo, quien había devenido de escritor de poca monta de novelas policiacas a intelectual orgánico de izquierda e historiador oficial de un canal norteamericano de televisión por cable: una historia de éxito.

—Esas no pueden ser buenas novelas. Para empezar suceden en este país, y en este país algo como ese tipo de novelas es imposible. Mire, Valentón Gardea, ¿así se llama, no?, es un personaje muy folclórico, como sí hubiese que suplir una serie de carencias de la realidad en la que se desenvuelve. En general así somos los mexicanos, pero eso es tema aparte.

—Es verdad, si creo recordar bien, Gardea tiene su despacho arriba de un salón de baile, el California Dancer, o algo por el estilo —dijo el Vaquero, fingiendo, ya que amaba este detalle que alguna vez consideró de hilarante genialidad.

—Claro, ¿no puede simplemente ser un detective y ya? Este detective es una especie de caballero andante, obsesionado, neurótico pero inminentemente noble. Eso déjeselo si quiere a los anglosajones: no son cosas propias de nuestro carácter. En general cualquier tipo de novela policiaca fracasaría ambientada en un lugar como este país. La justicia como institución no existe, no hay a quien entregar a los criminales, por ejemplo, y la verticalidad de las relaciones de clase hace cualquier averiguación imposible. Ahora estoy hablando como un rojillo, disculpe.

El Vaquero recordó de pronto con quien trataba, algo que había olvidado atraído por su personalidad amable y algo trágica: el capitán Almazán, un militar de alto nivel, quien había servido a presidentes y gobernadores de la peor especie.

—Y no digo que la justicia no sea posible en este país, pero es oscura y violenta y viene de la mano de personas con nombre y con peso. Gardea se zurraría encima antes de tener que hacer lo que tendría que hacer: matar, por ejemplo. Está demasiado ocupado siendo exótico como una piñata del cinco de mayo. En algún lado escuché que a los gringos les encanta.

—Bueno, pero entonces ¿de verdad no cree usted que valga ninguna novela policiaca escrita en México? —preguntó el Vaquero, un poco triste y pensativo. Quién sabe en qué momento había pasado a la posición de discípulo paciente del capitán Almazán.

—Ninguna. Yo las quemaba todas.

—¿Y las de Wilson Carrera?

—¿El de la trilogía AK-47? *¿Me dicen el cuerno de chivo, Temible cuerno de chivo* y *Mi troca, mi mujer y mi cuerno de chivo?* ¿Narcos cantantes? Más folclore falso. Ni que estuviera el país para esas cosas: al fuego.

—¿Enrique Jornal?

—Eso es peor aún: enredado. Un lenguaje infernal para jovencitos de café y lentes de pasta. Recuerde que la novela policiaca es la novela del hombre común. Además, ese hombre parece no tener ninguna compasión por sus personajes: lo echo al mismo costal.

—Es un juicio demasiado duro.

—Desde el punto de vista del género son novelas muy limitadas, al estilo Agatha Christie: el llamado *whodunnit* anglosajón. Un millonario es asesinado, el detective, un belga pedante, entrevista a todos los posibles sospechosos. Y todos tienen una razón potencial para ser el asesino. El crimen se vuelve un rompecabezas, simplemente, sin una crítica social. Hasta inventaron ya un juego de mesa de ese tipo.

—Sí, eso ya está muy superado. El coronel Mustard, en el estudio, con el candelabro.

—En mi humilde opinión la novela policiaca alcanzó la perfección con *The Dain Curse* de Dashiell Hammet.

—No la he leído, pero, ¿cómo podría escribirse una novela policiaca en México? —preguntó con exasperación el Vaquero.

—No creo que se pueda. Usted sabe mejor que nadie que aquí un simple caso que pudiera resolverse en 24 horas se va al congelador por culpa de la ineptitud y la corrupción de las autoridades. Me da risa leer esas novelas mexicanas de detectives que usted dice, calcadas de las norteamericanas, con protagonistas rudos, cuando todo mundo sabe que en este país los detectives son las madres, los padres, las hermanas y hermanos de los desaparecidos y asesinados. Muéstreme una novela donde una mujer de cincuenta años que deja su empleo para buscar al asesino de su hija es la verdadera protagonista.

—¿Pero es que nada se salva?

Almazán calló y miró el techo del automóvil como si recordara algo lejano y perdido en su juventud. No tenía caso ni mencionar a los nuevos exponentes del género.

—Bueno, tal vez el *Complot Mongol y Dos crímenes.* ¡Qué fuente de pasatiempos¡ Un tesoro si lo piensa bien.

—No las he leído —comentó un poco avergonzado el Vaquero, quien desconocía a Rafael Bernal y detestaba al Ibargüengoitia de los años en que era el escritor más popular y predilecto del gobierno, poco antes de volar en famosos pedazos en aquel accidente de avión en España.

—Faltaba más, yo se los presto. Pero claro, es que son libros muy diferentes a los que usted decía. Allí los protagonistas comen y beben y ven el mundo y retratan el mundo y reaccionan ante él. Usted sabe, personas: lo que generalmente falta en esa clase de novelas. Un militar retirado y un ingeniero que de pronto y por cuestiones personales se ven envueltos en lo absurdo del crimen. Si lo piensa, se parecen a nosotros dos.

—Este es mi trabajo —dijo el Vaquero zanjando la cuestión, y hundiéndose en su asiento, como si quisiera regresar a la ensoñación de los muslos dorados de Dolores.

Un compacto francés se detuvo detrás de ellos y Natalia Payán, vestida con jeans y tenis de correr, se bajó de él. De la cajuela sacó tres cajas, cada una de ellas contenía un radio completamente nuevo. Fueron a su encuentro.

—¿De dónde sacaste esto? —preguntó el Vaquero.

—Ya tengo tres meses llenando formularios —contestó Natalia.

—Bien, esconde esa pistola, no queremos llamar la atención.

—Okey. ¿Dónde está el sujeto?

—Me dijeron que a la altura de la tercera torre tiene un puesto de tenis piratas.

—¿Y eso?

—Negocio familiar.

—¿Sabremos reconocerlo?

—Yo lo conozco —se apuró a decir Almazan—, aunque claro, no llevaba lentes ese día.

Se adentraron por uno de los pasillos del tianguis, el que estaba más pegado a la base de las torres. Almazan iba concentrado en una línea recta abstracta entre el punto A, que era el inicio del tianguis, y el punto B, su venganza. Pero en realidad esa línea era una serie de obstáculos: mujeres gordas que arrastraban carritos llenos de hortalizas; jóvenes vestidos como raperos que examinaban con atención la suela de un par de tenis cuyo origen no parecía muy claro; mujeres que regateaban a los verduleros; familias enteras de gente obesa sentadas en las largas mesas de barbacoa, engullendo colesterol; parejas de enamorados que examinaban los puestos, abrazados, y que ocupaban todo el pasillo. Todos los géneros musicales sonaban de manera estruendosa desde diferentes puestos de música pirata: banda sinaloense, rock, reguetón, música disco y hasta una polka norteña. Natalia, hija de una buena familia de Coahuila, no pudo reprimir una mueca de asco al enfrentarse, tal vez por primera vez, al caldo de olores de un tianguis: agua estancada, grasa, lejía, jabón, orines; el olor de partes de animales fritas que ningún rabino declararía como *kosher*. Además, la chica se veía demasiado fuera de lugar, demasiado bien vestida; llamaba la atención. En opinión del Vaquero, le faltaba pueblo.

—¿Qué va a llevar, güera? Pásele.

—Aguacates, güera —le decían.

Un tianguista se dirigió al Vaquero.

—¿Botas, güero? ¿Busca, botas?

Cuando lo dejaron atrás, Natalia le preguntó:

—¿Por qué te dicen güero si eres moreno?

—En la ciudad de México el güero es más bien una distinción social.

—Ah.

Nunca estaba de más aleccionar a Natalia en los usos y costumbres de la ciudad de México.

—Lo peor es cuando te dicen "amigo".

—¿Por qué?

Estaba por responderle a Natalia cuando Almazán le dijo al oído:

—Ahí está.

Dos puestos más adelante, entre uno que se dedicaba exclusivamente a vender ajos, y otro de donde colgaban grandes pedazos de chicharrón, junto a un gran cazo, estaba un puesto de tenis. El hombre detrás apenas si podía ser llamado hombre: parecía de unos veinte años recién cumplidos. Era un muchacho nervudo, de piel blanca, tostada por el sol. Llevaba el cabello cortado a cepillo, una camisa de basquetbol, y en el brazo izquierdo tenía tatuado un San Judas Tadeo. Del cuello le colgaban media docena de grandes relicarios. "No le servirán de mucho esta vez", pensó el Vaquero.

—Almazán, Natalia, vayan por detrás de él. Yo fingiré que soy un cliente —dijo, y esto último lo afirmo no muy convencido, pues no tenía el tipo de alguien que va a un tianguis al oriente de la ciudad a comprar un par de tenis.

—¿Cual es la estrategia? —preguntó Almazán.

—La estrategia es la misma.

—¿Cuál?

—Vamos y a ver qué pasa.

Le hubiera gustado que Almazán propusiera una estrategia, pero en vez de esto asintió con los hombros y se metió entre un puesto de ropa para mujer y uno de plantas medicinales, junto con Natalia, para llegar al otro lado.

—Hola —dijo el Vaquero—, estoy buscando unos tenis.

El muchacho lo examino de arriba abajo, a la par que chupaba un cigarrillo.

—No son para mí. Son para mi hijo —dijo el Vaquero.

De haber tenido algún talento histriónico podría haber sido el actor ese, el que siempre la hace de judicial o de narco en las películas mexicanas, pues no tenía mal tipo.

—¿Qué talla buscas? —dijo el muchacho.

—Nueve.

—¿Mexicano?

—Sí.

Detrás del muchacho ya se acercaban Almazán y Natalia, pero aún estaban demasiado lejos. El Vaquero se había precipitado al comenzar la pretendida compra.

—A ver, debo de tener por aquí unos de ese número —dijo el muchacho, buscando algo debajo del mostrador: una tabla de aglomerado sobre unas varillas de acero. Del techo colgaban toda clase de tenis deportivos en manojos.

—A mi hijo le gustan Nike —alcanzó a decir antes de que el muchacho se metiera debajo de la tabla y la arrojara sobre él con toda la fuerza de su cuerpo. El Vaquero cayó sobre una señora de delantal a cuadros azules que, sin deberla ni temerla, pasaba por ahí con una red llena de verduras. El muchacho se escabulló entre la multitud, a toda prisa.

—¡Muerde el polvo, anciano! —gritó.

—¡Fíjese, viejo estúpido! —chilló la mujer.

Almazán y Natalia saltaron por encima de él y se perdieron a su vez entre la multitud. El viejo capitán le pisaba bien los talones a la joven; de algo habían servido todos esos años marchando alrededor de un patio. El Vaquero ayudó a la señora a levantarse, le dio la red llena de verduras, y corrió detrás de sus compañeros.

—¡Baboso! —escuchó detrás de él.

Los transeúntes aglomerados a lo largo del pasillo se habían detenido y lo miraban, atónitos. Intentó saltar un banco de plástico de una taquería pero fue a parar una vez más al suelo. Se sacudió los pantalones y prosiguió su carrera. Recordó que llevaba un radio sujeto al cinturón.

—Natalia, ¿cuál es tu ubicación?

El pasillo parecía interminable, como el fondo de una producción de dibujos animados, siempre el mismo, de los que se usan para ahorrar dinero. Y era un kilómetro de obstáculos y gente.

—Tengo contacto visual con el sujeto —dijo Natalia.

—Bien. ¿Almazán, me escuchas?

—Estoy en el otro pasillo, para interceptarlo.

En menos de cuarenta y ocho horas había tenido que forzar su condición física a ese nivel. Ya era hora de dejar de usar botas; se compraría unos tenis deportivos en el tianguis de la Prepa 8, si es que algún día le pagaban los sueldos atrasados. Tal vez hasta se metería a un gimnasio. Dejaría de fumar. Bueno, tal vez solo un cigarro después del desayuno, que era cuando más se le antojaba, o después de la comida. Un sujeto le metió el pie y rodó casi dos metros. La multitud se apartó para dejarlo caer. Cuando se puso de pie, el tipo ya no estaba, pero había alcanzado a verle el rostro. Un rostro cualquiera, el rostro de la multitud: el de la gente que odia por muchas razones a la policía, y se solidariza con los criminales. El Vaquero no podía culparlos. La hilera de puestos se interrumpió en una calle despejada y perpendicular, en donde había un embotellamiento de autos que circulaban hacia la izquierda. Al otro lado de la calle los puestos continuaban, pero parecía ser que el muchacho había optado por salirse del tianguis. Ahí el Vaquero vio a Natalia y Almazán correr entre los autos.

Alcanzó a este último, que se había quedado atrás.

—Ese muchacho corre como un endemoniado —dijo Almazán.

—Natalia ya corrió dos maratones este año, creo.

—Sí, pero ese muchacho parece corredor africano.

—Y eso que fuma.

—Abebe Bikila habría mordido el polvo.

—Vamos.

Donde el nudo gordiano del tráfico ya estaba deshecho, su compañera, solitaria, aún no se daba por vencida. Sacó la pistola e intentó disparar cuando un compacto salió de la bocacalle y se interpuso en la trayectoria del muchacho. El golpe no fue demasiado fuerte, pero este cayó al suelo. Intentó levantarse, pero dos hombres salieron del coche y lo sometieron. Uno de ellos le propinó un golpe en la cabeza. Cuando llegaron hasta el lugar encontraron al muchacho en el asiento trasero del conductor, con las manos atadas a la espalda con cinta canela.

—¿Quiénes son ustedes? —dijo Natalia.

Eran dos matones cuyas cabezas le llegaban al Vaquero al pecho, aún así no le hubiera gustado encontrárselos de ninguna manera en un oscuro callejón en la noche ni a plena luz del día en una plaza soleada. Podía reconocerlos a cien metros y olerlos a un kilómetro.

—Acabamos de hacer un arresto ciudadano —dijo uno de ellos.

—Arresto ciudadano mis polainas —dijo Almazán.

—¿Estás bien? —le preguntó el Vaquero al muchacho.

Este lo miró, asustado.

—Yo mejor me voy con ustedes —dijo.

El Vaquero examinó a los matones. Se encontraba técnicamente en despoblado, en territorio comanche, sin refuerzos, con un hombre casi anciano entrenando por los israelitas, y una experta en artes marciales, y aunque en el campo los hechos eran diferentes, la campeona de tiro de su generación. Aún así estaba frente tipos verdaderamente peligrosos.

—Nosotros nos vamos a llevar al muchacho —dijo, sin mucha convicción, por decir algo.

—Claro —dijo el otro matón—, lo agarramos para ustedes. Venimos de parte del Gizmo —luego se dirigió al muchacho—: tú, Mojas, lo mejor es que no te aparezcas por el barrio en unos dos años. Mejor te regresas a Michoacán si sales de esta. No te preocupes por tu mamá, nosotros la vamos a cuidar.

Sentados en el taburete semicircular de un Vips en la calzada Ermita-Iztapalapa, a el Mojas le dolía todo el cuerpo, pero aún más el orgullo. La mejilla izquierda se le había hinchado como a un boxeador profesional después de doce rounds a vida o muerte y el ojo de ese lado de la cara había desaparecido casi por completo, cubierto por la piel amoratada y las costras que comenzaban a formársele. Almazán le tendió una servilleta para que se limpiara la sangre que comenzaba a brotarle una vez más de la nariz.

—Límpiate bien, porque nomás te dan una servilleta aquí. Políticas de la empresa —le dijo.

El Mojas vio que no tenía posibilidad de escapar. Lo habían sentado en medio del taburete, con Almazán a su izquierda y el Vaquero a su derecha, la mujer joven enfrente. Ya habían comenzado a ver el menú. La situación podría ser peor, se dijo.

—Prueba la milanesa con papas —le comentó el Vaquero, señalando una de las fotografías del menú.

—Yo invito —dijo Natalia.

Parecían cuatro viejos amigos que se encontraban después de mucho tiempo. Solo que a uno de estos amigos le había sucedido un percance en el trayecto. La mesera, señora de uniforme naranja, enfundada en unas medias color carne, llegó a tomar la orden. Todos pidieron según su antojo, menos el Mojas, quien no pudo ni abrir la boca cuando el Vaquero se le adelantó:

—A mi amigo tráigale una milanesa con papas.

—¿Cuántos años tienes? —le preguntó Almazán.

—Veintisiete.

—Pareces de veinte.

—Es lo que todo mundo dice.

Toda la situación era absurda y agresiva. Tal vez el sótano y los electrochoques no hubieran estado tan mal, pensó. Preguntó por fin:

—¿Qué es lo que quieren?

—¿Recuerdas a José Baruk? —preguntó el Vaquero, mientras Almazán se recorría un poco hacia la derecha, como si entre los dos pretendieran aplastar al interrogado.

—No conozco ningún José Baruk… —sintió entonces un terrible dolor proveniente de la mano del capitán, que se había encajado en sus costillas y tiraba de ellas hacia fuera como se lo habían enseñado en el ejército israelí— esperen, esperen. No gano nada con mentirles, no conozco a José Baruk…

—El hombre que hace seis meses amaneció frío en la Marquesa —dijo el Vaquero.

—¿Seis meses? Eso es mucho tiempo, no podría recordarlo ni aunque quisiera —Almazán volvió a tirar—. ¡La madre! Esperen, esperen, es un malentendido. Ese hombre no se llamaba José Baruk…

Natalia hasta el momento había callado, con los ojos muy puestos en el Mojas. Con las manos en la barbilla, toda su presencia era infausta. Hizo una señal y el capitán detuvo su tortura. Vaquero nunca la había visto así, tenebrosa, oscura, vengativa, como una diosa griega en una encrucijada. Dio gracias por estar en un restaurante, donde ninguno de los tres podía cometer una estupidez.

Natalia dijo fríamente:

—Cuéntanos todo desde el principio.

Y su voz, sin alteración alguna que denotara furia o desprecio, hizo sentir un escalofrío a todos los que la rodeaban.

—Aunque a veces tengo el puesto de mi mamá en el tianguis, hago toda clase de trabajos, pero me especializo en activistas sociales: ecologistas, indigenistas, protectores de animales; niños bien sin nada útil que hacer y mucho tiempo libre. Pagan lo mismo que en otros lados, incluso un poco más si eres bueno en lo que haces. Además, pocas veces hay que matar a alguien. No soy un matón, me molesta tanto como a cualquiera disponer de una vida humana. Por la seguridad de todos nunca he visto el rostro de mis empleadores. Querían que fuera a darle a una calentadita a un tal Miguel Ruiz, un mariconcito que le estaba dando muchos problemas a uno de mis patrones. Un hombre joven a quién solo conozco de voz, quien me llama al celular, siempre desde diferentes números. Paga a tiempo. Ya le he hecho un par de trabajos. Fui con mi corredor de armas y preparé todo lo necesario. Llegué al edificio donde Miguel Ruiz vivía y lo estuve esperando cerca de media hora, hasta que por fin llegó. Cuando lo vi venir hacia mí, por el pasillo, él ya sabía lo que le esperaba. Estos activistas están todos locos y uno nunca sabe cómo van a reaccionar. Por eso se necesita un especialista como yo para tratar con ellos. Tan pronto como se tiran al piso, lloran y ruegan por su vida, tan pronto se levantan y comienza a pelear… Son mitad monjes, mitad soldados; son traicioneros porque ellos creen que una causa los asiste. Con estos tipos hay que saber mantener la distancia adecuada, son de los que echan arena en los ojos o salen corriendo estúpidamente y luego no queda otra que darles un balazo en la espalda. Pero este Miguel Ruiz tenía la postura y dignidad de un mártir. Esos son con los que hay que tener más cuidado: ser suaves, pero firmes. Uno no puede asustar a un mártir y mi trabajo es precisamente asustarlos. A esos cabrones hay que quebrarlos poquito a poquito, es donde uno se gana cada centavo…

"—¿Eres Miguel Ruiz? —le dije.

"—Sí— me contestó, ufano, el muy cabrón, como si me estuviera haciendo un favor con su presencia.

"Le puse la pistola en las costillas y salimos del edificio. Él no decía palabra, ni un sollozo, ni una queja. En Eje Central nos atascamos en el tráfico durante varios minutos y después hizo una maniobra de piloto de carreras que casi me mata del susto. Recuerdo haberle puesto la pistola en la sien y haberle gritado que no intentara estupideces.

"—No estás en Le Mans —le dije.

"—Nos seguían —fue todo lo que él respondió.

"Así que le pedí que tomara rumbo a la carretera México-Toluca. El trabajo que me habían asignado era muy claro: había que asustarlo hasta que se cagara en los pantalones, golpearlo un poco, robarle el automóvil y dejarlo sin zapatos en medio del bosque. Así aprendería a no andarse metiendo donde no lo llaman. Empecé con mi trabajo durante el camino. Le dije que íbamos a un lugar muy especial en el bosque, donde iba a tener que cavar un hoyo para mí, un hoyo grande donde cupiera, supongamos, una persona. Le dije que tenía una familia muy bonita, que ya me la habían presentado en alguna ocasión, que cómo era posible que no nos conociéramos antes de eso. La clase de mierda que se le dice a esta gente para que se vayan ablandando. Pero Ruiz no, Ruiz no lo hacía. El camino fue más un suplicio para mí que para él. Le describí la muerte y la podredumbre de la tierra, los rostros ensangrentados de sus padres, las más atroces formas de tortura física que sobre él iba a aplicar. Pero Ruiz seguía impasible.

"—Haz lo que quieras. No voy a suplicar nada —fue lo que dijo cuando por fin llegamos a un paraje escondido de la Marquesa. Su mirada era la de un fanático, su rostro parecía una tumba, un monumento conmemorativo de mármol. Le juré que iba a destruir todo lo que amaba, pero él no se inmutó. Miguel Ruiz era un monstruo, lleno de una absoluta falta de compasión, de humanidad. Alcé la mano para golpearlo pero él ni siquiera cerró los ojos para protegerse, como si su mismo instinto de supervivencia estuviera atrofiado. No. No pude golpearlo. Era injusto para ambos si él se negaba defenderse o sentir miedo. A pesar de mis amenazas sobre ellos, nunca pensó en su familia: tal era la vocación de su martirio. La mano me pesaba y si hubiera osado tocar su rostro estoy seguro que ahí mismo se hubiera encendido en llamas, como una señal del cielo. Miguel Ruiz no podía seguir existiendo y nunca debió haber existido, por eso le di un tiro en la frente. Es lo que haces con un becerro de dos cabezas…"

—¿Qué hacemos con él? —preguntó Natalia.

En su voz no había un tono definido. Era la voz con la que se dan las condolencia en un velatorio y un segundo después se habla del clima. El Vaquero sintió lástima por ella. Algo se le había roto de pronto al descubrir un mundo en el que la vida humana no tiene ningún valor, o mejor dicho; tiene un valor monetario irrisorio. Dos mil quinientos pesos era lo que había cobrado el Mojas por matar a un activista mas que resultó ser uno de los herederos más importantes del país.

Habían salido del restaurante para que el Vaquero se fumara un cigarro. A través de los vidrios se veía en el interior del local cómo el capitán Almazán le daba al Mojas papas fritas en la boca.

—¿No podemos achacarle nada, tal vez ni siquiera podemos retenerlo más tiempo? No tenemos ningún tipo de autoridad —dijo Natalia.

—Tengo un amigo en el ministerio público de aquí de la delegación. Podemos pedirle que lo guarde un rato, que le invente un cargo en lo que decidimos. Tenemos que contarle todo al jefe cuanto antes. Todo este caso es una mierda. Pero mientras, podemos hacer que pague la cuenta.

Natalia se alejó para recoger el coche y traerlo a la puerta. Él la vio caminar bajo los últimos rayos de sol. El tráfico sobre Ermita-Iztapalapa (una avenida sin árboles) era una mierda, como la ciudad, construida sobre las ruinas de otra ciudad. Y pensó en las palabras del Mojas, en aquella expresión de Pepe Baruk que lo había sacado de quicio y lo había atemorizado. ¿Podía existir alguien así, que careciera por completo del miedo a la muerte? Solo alguien a quien le diera lo mismo la vida podría comportarse de esa forma.

El autor intelectual del crimen estaba más que claro.

15

LOS CORAZONES JÓVENES SERÁN LIBRES ESTA NOCHE

Las manifestaciones seguían. El viejo Baruk debía de estar perdiendo dinero a montones, pues una estructura que debía levantarse en cuatro meses llevaba paralizada más de un año. Un proyecto en picada, a pesar de los esfuerzos de la compañía y del patriarca por aparentar normalidad: visitas constantes, recorridos guiados a inversionistas, senadores, diputados locales, gobernadores, el de Morelos y el de la ciudad de México, desafortunadas vallas publicitarias ("Lorana recicla el futuro"); solo un milagro o un acto masivo de represión podrían convertir el sueño en realidad. El Vaquero sabía que el viejo Baruk, devoto fiel de la virgen de Guadalupe, en realidad apostaba por la segunda opción. Pero también eso costaba dinero: un par de días, cuando menos, de campaña de desprestigio a los comuneros en los noticieros nacionales; un soborno abultado para el jefe de la policía federal, para el de la estatal, para el de la municipal; el apadrinamiento de bautizo de alguno de los nietos del gobernador (y el coste de la fiesta). Todo acto así, como cualquier movimiento político, conlleva tiempo y planeación. El Vaquero apenas alcanzaba a vislumbrar las increíbles ganancias que una planta así podía generar y que hacían que valiera la pena cualquier cantidad de molestias.

—Señor Rodríguez, un gusto volverlo a ver. Pase, por favor, pase. El señor Baruk lo está esperando. Solo que tiene una reunión con el senador Carballo. ¿Puede esperar unos minutos? Usted sabe de su horrible secuestro. Hace meses, en cuanto salió, quiso ver al señor Lorenzo; así de amigos son desde que eran muy jóvenes.

Gabriel Esparza, el apocado y extraño secretario lo recibió con estas noticias que, de manera extraña, en su boca, se convertían en el panegírico de su empleador. Y bueno, vaya que el Vaquero sabía lo del secuestro; fue él quien resolvió el caso, si a eso se le podía llamar "resolver". El senador Carballo (del partido oficial, el de la moral y las buenas costumbres) había sido secuestrado cuando regresaba a su rancho después de visitar a su joven amante en un pueblito aledaño. Tanto los secuestradores como el gobierno (y Carballo, al salir y conceder varias entrevistas) habían mantenido la versión de que el secuestro había sido ocasionado por una facción disidente de un grupo guerrillero, el Ejército Revolucionario Nacionalista Independiente del Pueblo, o algo así. Rogelio Rodríguez no podía ni recordar los nombres ni distinguir entre los 200 grupos guerrilleros que existían en el país. Sin embargo, fue tarea del Vaquero averiguar que el golpe había sido realizado, en realidad, por una célula con mucha iniciativa perteneciente a un cartel de narcotráfico a quien Carballo debía mucho dinero por conceptos oscuros (Carballo no consumía drogas, nada que no fuera un buen cigarro cubano y mucho whisky de una sola malta). Se pasó charola entre varios empresarios, diputados, senadores y por lo menos tres famosos obispos para pagar el multimillonario rescate, cuya suma nunca se reveló al público. Carballo, generalmente un protagonista de la vida política nacional, de voz grave y retórica implacable, había mantenido desde entonces un bajísimo perfil, consciente de la inmensa cantidad de favores que le debía a todo el mundo. Por lo pronto, la sola visita del viejo político a la planta contribuía a la intención desesperada de Lorana para legitimar del proyecto.

—¿Y dígame, hay avances en el caso?

—¿Mande? —el Vaquero, perdido en sus pensamientos, casi había olvidado la presencia del secretario, gris y borrosa.

—Que si ha habido avances en el caso. No puedo ni dormir pensando que ese criminal anda suelto allá afuera.

La displicencia del secretario le molestaba como siempre. Había tanta entrega en sus acciones, la constante exaltación de los Baruk, su horror fingido ante la muerte del muchacho, a quien probablemente veía como un usurpador indigno: todo era insufrible.

Carballo salió de la oficina de Baruk sin dedicarle siquiera una mirada al secretario y al Vaquero. "Si tan solo supiera —pensó Rogelio—, que me debe el culo y la vida". Estaba acostumbrado a trabajar entre las sombras y no recibir mayor reconocimiento que las extrañas alusiones de su jefe, las miradas bobaliconas de sus compañeros y los ojos admirados de Dolores. Con esto último le bastaba. Pensó que el secretario de Baruk era un poco así como él, un hombre efectivo y pusilánime que se movía en la oscuridad, subyugado a los dictados de fuerzas superiores. Un ser humano, al fin y al cabo, que había afinado su personalidad y sus talentos para realizar lo mejor posible su trabajo. ¿No había citado la otra noche, religiosamente, las palabras de su jefe? "¿Qué no habrá nadie capaz de librarme de ese activista turbulento?" Más o menos las palabras con las que Enrique II ordenó, sin ordenar, la decapitación de Tomás Becket…. Todo era muy claro ahora. Gabriel Esparza había mandado amedrentar a Miguel Ruiz. Sabía perfectamente las consecuencias de sus acciones y por eso le seguía. Y el viejo Baruk sabía perfectamente a quien parafraseaba cuando lo hizo, esperando una respuesta. Pero… respecto al asesinato de su nieto, ¿comprendía las causas, el modo, el motivo?

—Puede pasar ahora —dijo el secretario, después de realizar casi una genuflexión oriental ante el paso decidido de Carballo.

El Vaquero caminó hacia la puerta y la abrió lentamente. ¿Qué le diría ahora al anciano mandamás? Pepe Baruk, esa extraña esfinge que todos amaban, había sido asesinada sin querer por el único hombre en la tierra que no le quería, siguiendo en cambio los dictados del hombre que más le había adorado. Abrió la puerta lentamente y vio, detrás de su escritorio, a Lorenzo Baruk. Era un viejo recio, pensó, tenía la piel curtida por el sol a diferencia de sus pálidos hijos, y parecía a veces una estatua de sí mismo. Una especie de Benito Juárez de granito en la plaza de un pueblo olvidado de Dios. O más bien le recordó un cuadro de Porfirio Díaz que durante la infancia del Vaquero se encontraba impreso en todos los libros de texto gratuito de primaria, con un extraño e ingenuo pie de página que rezaba: "Porfirio Díaz, quien gobernó el país durante treinta años, fortaleció la economía del país y sus lazos internacionales, pero a la vez causó mucha pobreza, lo que tuvo como resultado la revolución mexicana".

—Señor Rodríguez, ¿para qué me necesita? ¿Hay avances en la identidad de esos pendejos? De una vez le digo que tengo otros hombres trabajando en el caso: gente sería y disciplinada, experta en inteligencia.

Ese fue su saludo, su frase introductoria apenas Rodríguez abrió la puerta. Estaba acostumbrado a expresar con imperiosidad cada uno de sus pensamientos. Toda abstracción, todo lenguaje, todo símbolo que su cabeza creaba tenía que convertirse en una acción, en algo real y tangible sobre la tierra. El pelícano que se desangra para dar de comer a sus hijos, como él mismo se había llamado alguna vez, lo había transformado en un escudo, un lema, incluso en un logotipo corporativo. Pero el viejo no era, a su pesar, un símbolo medieval de Cristo. Era Pepe Baruk quien con su sangre había alimentado a toda esa familia; al anciano que se aferraba a la absurda supervivencia de su apellido; a la madre neurótica; al padre fracasado; a la tía de ínfulas bohemias. Solo Elisa Martínez había intentado resistirse, pero había caído bajo el influjo; al igual que Almazán, el capitán retirado que cada tanto sollozaba por el muerto. Pepe Baruk fue el pilar de una familia a la que había donado su nacimiento, y cuando esto no fue suficiente, les donó su muerte para levantar un mito. "Pero no hay que engañarse", pensó. Pepe Baruk carecía de la ternura de un mártir. Más bien era un ser imposible cuyo único único fin podía ser esa muerte.

Lorenzo Baruk estaba ahí con las pupilas dilatadas por la ira. Pero lo que el Vaquero vio fue un cadáver viviente, un ídolo con pies de barro a punto de morir. Sintió que sus afanes justicieros, su amor por la ironía, sus ganas de señalar y destruir a un poderoso se evaporaban rápidamente. Sintió algo demasiado parecido a la compasión. Había pensado en restregarle la muerte de su nieto, pero se dio cuenta que no valía la pena.

—No se quede ahí parado. ¿Entonces, para qué me necesita?

—Para nada, disculpe… necesito confirmar primero en la oficina la nueva información —respondió el Vaquero, y se dio la vuelta.

Natalia lo esperaba en el coche, con una botella de agua de un litro, todavía no repuesta de la carrera de obstáculos y del careo con el asesino. A lo mejor pensaba en dejar ese trabajo y regresar a Coahuila, donde gracias al presidente y el gobernador pasaban cosas peores, pero ella no tendría que percatarse de ello, en la seguridad de la casa paterna.

—¿Y bien? ¿Qué le dijiste?

—Nada.

—¿Por qué?

—No tuve huevos.

Horas de viaje después el Vaquero llegó a la Subdirección. El mundo alrededor de su campo de visión se deformaba, borroso. Solo la puerta del jefe parecía un lugar claro y a salvo. Los jóvenes turcos, al verlo llegar, dejaron todo lo que estaban haciendo, callaron su habitual bullicio, y muy serios, lo miraron pasar, como si no pudieran esperar a que saliera de la oficina del jefe. Se rumoreaba que el Vaquero y Natalia habían resuelto ya el caso del joven Baruk.

Por supuesto el primer foso para llegar al castillo era el escritorio de Dolores, así que no pudo ignorarla mucho tiempo.

—¿Está el jefe? —preguntó.

Dolores estaba molesta con él por la llamada de unas horas antes.

—Te está esperando desde hace media hora —contestó la secretaria, mientras fingía ordenar un montón de papeles sobre la mesa.

—Dolores, respecto a ayer.

—¿Te parece que fuimos demasiado rápido?

—No, digo, ayer, no estaba al cien por ciento.

—¿Cómo?

—Creo que debo de dejar de fumar.

—¿De qué hablas?

—No importa. Voy a ver al jefe.

—¿Nos veremos esta noche?

—Claro —dijo el Vaquero.

Dolores sería de ahora en adelante su consuelo.

Adentro el jefe hablaba por teléfono como siempre, rodeado de política, de asuntos importantes, de papeles súper secretos, todos ellos una mierda, pensó el Vaquero. Parecía más alicaído que de costumbre.

—¡Vaquero! —el jefe alzó los brazos en el aire y se levantó para ofrecerle una silla— Siéntate por favor. Natalia me dijo por teléfono que tú mismo tenías que informarme del caso. ¿Por qué tanto misterio? Ayer Eugenio Barraza me preguntó cómo iba el caso de los Baruk. Ya sabes cómo son los diputados de metiches. Yo le dije que tenía a mi mejor hombre en el caso y que en 24 horas lo íbamos a tener resuelto. Por supuesto, yo estaba fanfarroneando, pero entonces me enteré que fueron a llevar a un cabrón al ministerio público. ¿Por qué no te lo trajiste para acá? Ya lo hubiéramos sacado en rueda de prensa y todo, con unos cuernos de chivo a sus pies, tú sabes, como le encanta eso al procurador.

—Ese muchacho es el asesino material de Baruk, pero no hay manera de demostrarlo, jefe. El arma era alquilada y la pista me la dio una fuente que no puedo nombrar. Además, estaba trabajando para alguien muy importante.

—No me chingues. ¿Porqué nada puede ser sencillo en este pinche país? ¿Supiste lo de Ledezma?

—¿Y ahora qué con ese pendejo?

—No hables mal de los muertos, Vaquero.

Rogelio Rodríguez enmudeció un momento.

—¿Fueron los Zetas?

—Nombre, lo atropellaron cuando lo mandé a comprar conitos de papel, afuera del Cotsco. Ya pasamos la charola… como bien sabes, no tenía prestaciones. Dos hijos, Vaquero, y una viuda. Y arriba me dicen que no les van a dar nada porque no murió en cumplimiento de su deber.

El jefe parecía verdaderamente afligido, quién sabe por qué estaba tan encariñado con Ledezma. El Vaquero se negaba a creer que fuera por la tarjeta Cotsco. Dudo un instante en darle las malas noticias al jefe. En ese momento su aspecto era el de un cardiaco. Se armó de valor:

—A Pepe Baruk lo confundieron con Miguel Ruiz, un activista de una organización no gubernamental llamada La voluntad de la Tierra. Ambos eran muy cercanos y habían quedado para cenar juntos la noche en que Baruk desapareció. La persona contratada para asustar a Ruiz, a quien tenemos consignado, se llevó a Baruk en lugar de a Ruiz. Después algo salió mal en el camino.

—Perfecto, una gran historia, hasta tiene su lado social. A los de allá arriba les va a encantar, no se diga a los periódicos —el jefe se frotó las manos recuperándose rápidamente de su fatalismo: ya saboreaba las felicitaciones y palmadas en la espalda del procurador y su esposa.

—Hay otro problema. Miguel Ruiz se opone a la construcción de una planta tratadora de basura en Morelos, precisamente propiedad de Lorenzo Baruk. Se dice que hay capital español… lo más probable es que quien contrató al asesino de José Baruk fuera la propia gente de su abuelo.

La sonrisa desapareció del rostro del jefe. Se llevó las manos a la barbilla y comenzó a hacer complicados cálculos en su mente. Eran complicados porque carecían de guarismos. Los factores a calcular, sus reacciones, eran la opinión pública, la reacción de X o Y, las redes sociales, los periodistas asalariados del régimen y los que se llamaban a sí mismos honestos, la insufrible y corrupta clase política, la izquierda, la derecha y el centro, la bolsa de valores, el Fondo Monetario Internacional, incluso algunos caciques municipales de pistola al cinto y sombrero de ala ancha. Al final, esa era la razón por la que estaba en el puesto que estaba. Porque él y nadie más sabía precisar los pasos necesarios para correr hacia el abismo y detenerse un centímetro antes de despeñarse.

—Este caso ya se jodió bien y bonito. Vamos a dejárselo a los locales; que se lo achaquen al Gizmo, si quieren, de todas maneras ese cabrón es un peligro en las calles. No te preocupes, allá arriba saben quién resolvió el caso. Tengo que consultarlo con mis superiores, pero estoy seguro que no se va a hacer nada. Te voy a hacer una pregunta y quiero que lo pienses muy bien: ¿tú crees que el viejo sepa quién mató a su nieto?

—Imposible, creo que fue el secretario.

—¿Estás seguro?

—Noventa y nueve por ciento seguro.

—No es suficiente. Pero eso está muy bien, ni tiene por qué enterarse. Que cada quién esté a solas con su conciencia. ¿Ya está listo el informe?

—Natalia está trabajando en él. Ya debe haberlo terminado.

—Dile que lo borre. Ya terminamos aquí, tengo un chingo de llamadas que hacer.

El Vaquero se dirigió a la puerta de la oficina. En su mente había imaginado esta escena antes de llegar a la Subdirección. Y había pensado en presionar al jefe para que se hiciera algo al respecto. Le gritaría en la cara todo lo que pensaba, frases hechas sobre la justicia, el deber. Y si aquello no funcionaba, amenazaría con renunciar. Sin embargo, todo había salido muy diferente a lo que había imaginado: algo se le había muerto en el camino entre el estacionamiento y la oficina, en su alma. Y cómo iba a renunciar, a su edad ya nadie querría contratarlo.

—Ah, y por cierto, Vaquero, muy bien hecho. Ya salió tu paga —le gritó su superior, con el auricular del teléfono en un hombro.

—Gracias, jefe.

EPÍLOGO

El restaurante bar La cava de Baco es lo que se dice un hoyo en la pared. Escondido en la calle de Morena, a unos cuantos pasos de la transitada avenida Cuauhtémoc, parece solo un oscuro local a desnivel, dejado caer, como por descuido, en un lugar donde ancianos paseantes transitan todo el día como ganado rumiante, sin notar el bullicio del lugar. Jóvenes mujeres en ropa deportiva pasan por la acera sin mirar adentro, como si se tratara de una cloaca, llevando de una correa perros que, en términos prácticos, valen más que una vida humana; incluso más que la de gente como Pepe Baruk.

Al Vaquero le gustaba por su tamaño ideal, por la apacible calle con camellón y árboles donde se encontraba, y por la sencilla y clásica presunción de su nombre; porque los meseros, Sergio y el Lalo, le conocían y no lo juzgaban; por sus famosas mojarras fritas y porque se podía fumar; pero, sobre todo, le gustaba porque en ese lugar le fiaban sin miramientos. En los tiempos de salvaje capitalismo es difícil encontrar aún esa tradicional y venturosa relación entre tabernero y parroquiano que inspira confianza suficiente para avalar unas cuantas cervezas con la sola palabra de un hombre.

El día declinaba, oscurecía, en diez horas volvería a amanecer. Con o sin la humanidad el mundo sigue, se poliniza, muere y renace.

Estos eran los pensamientos que el Vaquero sostenía una semana después de finalizado el caso. A la oficina había llegado un nuevo caso: una ama de casa, activista, en el norte del país, había sido asesinada frente al palacio de gobierno estatal mientras protestaba y exigía justicia por el asesinato y violación de su hija. El gobernador juraba no saber nada al respeto y pedía el apoyo urgente de la Subdirección de Materiales de Computo. Al día siguiente tendría que tomar un avión. No la pasaría mal: carne asada, burritos, cerveza; lo malo era que su cuerpo era incapaz de eliminar el ácido úrico.

—Una cerveza familiar y dos vasos —dijo.

Ese día Rogelio el Vaquero Rodríguez invitaba los tragos. La voz corrió rápidamente en el pequeño local, adornado aquí y allá con ridículos cuadros de personajes de dibujos animados en posiciones que imitaban portadas famosas de los Beatles: el subgénero de arte chilango por excelencia.

—Dicen que el Vaquero por fin cobró todo lo que le deben —cuchicheaban los asiduos, entre risas y aprobaciones discretas.

Sin embargo, nadie sabía dónde trabajaba. De la cantidad monetaria, que no era mucha, solo podía especularse. Ignoraban que el hombre frente a ellos y que siempre pedía fiado había resuelto el caso del futbolista Casas, el secuestro del joven Larreaga, y que ahora, en una anónima, tal vez inexistente, hoja de servicios, estaba el caso del asesinato de José Baruk. Además, ese día, le acompañaba una guapa jovencita. Aquel soltero sin remedio ("soltero maduro" decían los meseros, entre bromas) por fin se dejaba ver como realmente era.

—¡Por el Vaquero! —dijo alguien en una esquina, y alzó su cerveza familiar con entusiasmo, a lo que Rogelio respondió con la suya, una sonrisa y un gruñido.

El jolgorio era generalizado y todos estaban contentos, sobre todo la dueña del lugar, quien veía su virtuosa paciencia por fin recompensada. Pero en la mesa del Vaquero, convenientemente situada sobre la acera para que pudiera fumar como chacuaco, no llegaba la luz de esa alegría. Pensativo y visiblemente borracho, correspondía a todos los gestos de aprecio de la manera anteriormente relatada. Después de un rato se entendió que el Vaquero no andaba en sus trece ese día, y el júbilo que se le demostraba se fue también apagando, poco a poco, como se apagan los rumores.

—¡Voy a renunciar! —anunció por fin Natalia Payán.

—No digas pendejadas. ¿Qué va a decir tu padre? —contestó el Vaquero después de un trago amargo de cerveza.

Estaba fría, muy fría, y le produjo un gesto de disgusto en el rostro. En la mesa se encontraba el periódico vespertino: anunciaba en su portada con fotografías explicitas (junto a la de una rubia en ropa interior) el hallazgo del cadáver de un tal Gabriel Esparza, de quien se presumía que tenía nexos con el narcotráfico y había sido ultimado por la vengativa Familia Michoacana, o algo peor. No se hablaba por ningún lado del perro afgano.

—Pero hay que hacer algo… por la memoria de Pepe…

—Otra vez la memoria de Pepe, otra vez el príncipe del cuento, otra vez el mártir del Gólgota.

—¿De qué hablas, Vaquero?

—Lo siento Natalia, lo siento. Mira, José Baruk estaba deprimido y por eso se dejó matar, créeme, yo sé de lo que hablo. No lo hizo por los comuneros, no lo hizo por Miguel Ruiz, no lo hizo siquiera para darle una lección a su familia. Se dejó arrastrar lo suficiente para encontrar un arma que lo matara y cuando se vio frente a una se aferró a ella con todo lo que tenía.

—Vaquero —dijo Natalia con tristeza, casi ahogando la voz—, que poco has entendido…

Rogelio se negó a escuchar a Natalia, pero sabía lo que había visto una semana antes. O cuando menos el rastro de lo que había visto: cada pista, cada interrogatorio, cada fotografía mostraban que la perfección alguna vez había estado en el mundo, y que lo había atravesado, fugazmente; y como toda perfección, como toda verdad, los seres humanos la habían destrozado; porque así son los hombres y eso es lo que hacen.

—Pinche Pepe.

Con dos cervezas le daba por ponerse místico:

—No, tú no entiendes, Natalia. Le di mi palabra a Almazán. Le di también mi palabra a un viejo amigo. ¿Y qué debo decirles? ¿Que el muchacho tenía que morir por qué no había lugar en el mundo para él?

Y a Pepe Baruk lo sentía tan lejos ahora, solo quedaba la estela de su presencia. Al pensar en esto una gran carga se liberó en su interior, y la tensión en sus hombros se relajó. Algunos parroquianos incluso pudieron haber jurado que el sol iluminó aquella mesita en una cantina de mala muerte sobre la calle de Morena. El rostro del Vaquero se llenó de algo parecido a la beatitud y a la paz.

—¡Mesero, más cerveza, por favor! —gritó.

Y sonrió, a pesar de la decepción, como un hombre acabado de nacer. •

ÍNDICE

La muerte del pelícano. Otro caso del Vaquero Rodríguez, de
Daniel Espartaco Sánchez y Raúl Aníbal Sánchez
se terminó de imprimir y encuadernar en mayo de 2014
en Quad / Graphics Querétaro, s. a. de c. v.
lote 37, fraccionamiento Agro-Industrial La Cruz
Villa del Marqués, QT-76240